スパイ教室 07

《氷刃》のモニカ

百鬼
code name
花園
code name

女交戦中

翠蝶
code name
緋蛟
code name
少

スパイ教室07

《氷刃》のモニカ

竹町

ファンタジア文庫

3183

口絵・本文イラスト　トマリ

銃器設定協力　アサウラ

SPY ROOM
the room is a specialized institution of mission impossible
code name hyozin

CONTENTS

CHARACTER PROFILE

愛娘

Grete

ある大物政治家の娘。
静淑な少女。

花園

Lily

僻地出身の
世間知らずの少女。

燎火

Klaus

『灯』の創設者であり、
「世界最強」のスパイ。

夢語

Thea

大手新聞社の
社長の一人娘。
優艶な少女。

氷刃

Monika

芸術家の娘。
不遜な少女。

百鬼

Sibylla

ギャングの家に
生まれた長女。
凜然とした少女。

愚人
Erna

元貴族。事故に頻繁に
遭遇する不幸な少女。

忘我
Annett

出自不明。記憶損失。
純真な少女。

草原
Sara

街のレストランの娘。
気弱な少女。

Team Otori

凱風
Queneau

鼓翼
Culu

飛禽
Vindo

羽琴
Pharma

翔破
Vics

浮雲
Lan

プロローグ　悪夢

惨劇は明け方に繰り広げられた。

場所は、フェンド連邦首都ヒューロの片隅に建てられたカッシャード人形工房。二階建て地下一階の煉瓦《れんが》造り。街のどこにでもある、目立つことのない外観だ。

近隣住人からはドール職人が集う静かな工房、と認知されているが、それは大きな間違いだ。その実態はフェンド連邦の諜報《ちょうほう》機関ＣＩＭの防諜《ぼうちょう》専門部隊『ベリアス』の本拠地。国内に潜入したスパイを捕らえるための拠点である。

惨劇が起きたのは午前四時。その時点で建物内にいたのは、『灯《ともしび》』というスパイチームのメンバー四名、『ベリアス』のメンバー二名。『灯』は『ベリアス』を脅迫し、彼らが所有する情報を開示させ、そのファイルを読み漁《あさ》っていた。

まず異変を察知したのは、『愛娘《まなむすめ》』のグレーテ——四肢が細く、ガラス細工のような儚《はかな》さを纏《まと》う赤髪《あかがみ》の少女。

一階の応接室でファイルを読んでいた彼女は、部屋の出入り口に立つ襲撃者に気が付いた。その襲撃者は見慣れた相手であったため、彼女は声をかけた。その直後、白刃《はくじん》が煌《きら》めいた。突然の襲撃に反応することもできず、グレーテの意識は失われた。

次に気づいたのは、一階廊下にいた『愚人《ぐじん》』のエルナ――精巧な人形のように美しい、小柄な金髪《きんぱつ》の少女――だった。

彼女は廊下から、グレーテが倒れ伏す現場を目撃した。グレーテの身体《からだ》から真っ赤な血が広がっていく様と襲撃者を交互に見つめ、愕然《がくぜん》とする。そして襲撃者に腹を強く蹴られるが、持ち前の機敏さでダメージを最小限に抑えると二階へ逃げ出す。

エルナが二階まで逃げ切れた要因は、廊下で『夢語《ゆめがたり》』のティア――凹凸に富んだプロポーションの優艶《ゆうえん》な黒髪《くろかみ》の少女――が現れたことが理由である。

彼女はエルナが蹴られる光景を目《ま》の当たりにした。咄嗟《とっさ》に身を引くが、襲撃者にあっさり組み伏せられる。床に倒された状態で「なんでアナタが……」と呻《うめ》きながらしばらく抵抗するが、やがて右腕を小刀で砕かれ、大きく負傷する。

この間、『ベリアス』のボスは、一人の部下と共に惨劇を認識する。

『操《あやつ》り師《し》』のアメリ——目元に大きなクマのあるゴスロリ衣装の女性だ。

彼女は訳が分からず、目の当たりにした現場の観察以上のことはできなかった。

途中、襲撃者とは別に、両肩に大きな傷を持つ少女を見かけた気もするが、ハッキリと認識できなかった。どこかで会ったような感覚も抱くが、その直後すれ違ったモニカに殴られたことで、やがて記憶の彼方《かなた》に追いやっていく。


二階に突如エルナが駆け込んできたことで『忘我《ぼうが》』のアネット——左目を大きな眼帯で覆う、乱雑に縛った灰桃髪《はいももがみ》の少女——は、武器を構える。

彼女は二階奥の工房で、やがて訪れた襲撃者と対峙《たいじ》する。得意な爆弾を用いて抵抗。その際の爆風によりカッシャード人形工房内に火の手が回る。

しかし襲撃者の前には無力だった。

爆弾は蹴り返され、アネットの背後にいたエルナ共々負傷する。エルナは頭部から流血して気絶する。アネットは彼女を庇《かば》うよう抵抗を試みるが、襲撃者が振るう小刀で身体の側面を強く打たれる。折れた肋骨《ろっこつ》が内臓に刺さり、吐血して彼女もまた意識を失う。

そのタイミングで屋外にいた二人の少女が現場に到着する。

『花園《はなぞの》』のリリィ――愛らしい童顔と豊満なバストが特徴の銀髪の少女。

『百鬼《ひゃっき》』のジビア――凛々《りり》しい目元と引き締まった体躯《たいく》の白髪の少女。

彼女たちはアネットが小刀で打たれる現場を目撃する。

信じられない光景に愕然とし、何も動けなくなる。

炎が揺らめく中、襲撃者は微《かす》かな声で「――ごめん」と呟き、両肩に傷を負う少女と共に、カッシャード人形工房を去っていく。

以上が『灯』の裏切り者――『氷刃《ひょうじん》』のモニカが引き起こした惨劇である。

◇◇◇

燃え盛るカッシャード人形工房がヒューロの上空を赤く染めていた。

昨晩から降り注いだ雨は、ヒューロの空に蔓延《はびこ》る汚れを洗い流した。霧で覆われる街に月が現れる。しかし、それは一瞬のこと。再びまた分厚い雲が空を埋め、月を隠していった。いまだ太陽が昇らない街の空に工房から炎が立ち上っている。

火災は周囲の建物に燃え移ることはなかった。

間もなく火は消し止められる。

だが、本当の動乱はこれから始まるのだ、と炎を見届ける者たちは理解していた。

「疾《しっ》ッ・風《ぷう》ッ・怒《ど》ッ・濤《とう》ッ――‼」

工房から離れたビルの屋根で、一人の少女が両手を大きく広げていた。

「やるねえ、『緋蛟《あかみずち》』ちゃん！　良い感じ、最高に暴れたねぇ⁉」

手足がスラッと長く伸びる、蠱惑《こわく》的な肢体の少女だった。その歪《ゆが》んだ歯並びのせいで、笑みを浮かべると、人の不幸を嘲笑《あざわら》うような嗜虐《しぎゃく》的な印象を与える。ノースリーブの服を纏い、傷跡の残る両肩を寒空に晒《さら》しながら「疾風怒濤っ‼」と楽し気に叫んでいく。

――『翠蝶《みどりちょう》』

ガルガド帝国の諜報機関『蛇《へび》』のメンバーだ。踊るようにステップを踏み、一人でくるくると器用に屋根の上で回っている。

そしてその傍《かたわ》らでは蒼銀髪《あおぎんぱつ》の少女が静かな面持ちで立っていた。アシンメトリーの髪形を除けば、外見的な特徴は乏しい。

――『氷刃』のモニカ。あるいは『緋蛟』と呼ばれる少女である。

彼女はじっと燃えていく工房を見届け、不愛想《ぶあいそ》に「やけに楽しそうじゃん」と呟く。

翠蝶は足を止め、挑発的に白い歯を見せた。

「さすがと思っただけよー？　あの短時間でしっかり『ベリアス』の拠点も焼き払えたしねぇ。褒めてあげているのー」

「あ、そう。どうも」

「まー、欲を言えば、もう一人くらい半殺しにしても良かった気もするけどね」

推し量るように目を細める。

「それとも——まだ躊躇《ちゅうちょ》がある？」

滲《にじ》む殺気が一帯を満たした。

モニカは工房から目線を逸《そ》らし、懐《ふところ》から小刀を抜いた。刀身は紅色の血でべったりと濡《ぬ》れている。斬り付けた仲間の返り血だった。

血をそっと布で拭き取って、モニカは答える。

「——躊躇？　ないよ。微塵《みじん》も」

淡々とした物言い。

翠蝶が口の端を曲げる。

「目的は果たしたはずでしょ？　ボクの手で何人か行動不能にさせ、一人誘拐した」

モニカは血を拭き終わると、小刀を鞘《さや》に納めた。

「リリィとジビアが戻ってきていた。もしクラウスさんまでいたら、さすがに今は分が悪い。アレが引き際《ぎわ》だった。不満かい？」

今度はモニカが推し量るような視線を送る。

翠蝶はたっぷりと間を置いた後、手を叩《たた》いた。

「――パーフェクト」

乾いた拍手の音が早朝の街に響く。

「そうだよ、緋蛟ちゃん。それでいいのー。いいねいいね最高だねぇ！　ミィの見立て通りだよぉ」

「自分のことを『ミィ』って呼ぶキミのセンスが気になるけど――」

「『翠蝶』のミィよー？」

「――それ以上に、その緋蛟ってコードネームが落ち着かないな」

モニカは眉をひそめる。

「もっと普通なやつじゃダメだったの？」

『蛟《みずち》』と言えば、幻想上の生物だ。竜の一種ともされる。蒼《あお》い大蛇のような見た目。これまで『蛇』が名乗ってきた『蠅《はえ》』『蜘蛛《くも》』『蟻《あり》』『蝶《ちょう》』といった存在からは大きく異なる。

翠蝶は踊るように優雅に屋根の上で回り、モニカの背中側に移動した。

「ミィのパートナーに相応《ふさわ》しい名を贈ろうと思って」

「は?」

「これからアナタは、ミィと一緒に最高の悪夢を生み出すの。手と手を取って、踊るように衆愚を闇の底へ叩き込む。相応の名をあげないと」

翠蝶はあひゃ、と笑みを零《こぼ》し、モニカの首に腕を回した。

「知ってる? かつて世界を振り回していた二人の女性スパイ」

「なにそれ」

「――『紅炉《こうろ》』のフェロニカ。『炮烙《ほうらく》』のゲルデ」

耳元で囁《ささや》かれた言葉は、聞き覚えがあった。

クラウスから聞いている。『灯』の前身――『焔《ほむら》』のメンバーだ。

「この二人が『焔』の名を世界に轟《とどろ》かせた。殺し屋、ゲーム師、占い師を引き入れ、ガルガド帝国を敗戦へ導いた。敵とはいえ、認めざるを得ない世界最高のスパイたち」

翠蝶は口元からギザついた歯を見せる。

「でも奴等《やつら》はくたばった」

「そうだね」モニカは短く答えた。「聞いているよ。『紅炉』はムザイア合衆国で命を落とし、『炮烙』はこのフェンド連邦の地を最後に消息を絶った」

モニカは煩わしげな顔で翠蝶の右肩に触れる。

そこにはまるで雷のような傷跡が残されている。肩口から肘にかけてヒビが走るように伸びている。同じ傷は左肩にもあった。

「――もしかしてキミの傷は『炮烙』にやられた？」

「察しがいいのね」翠蝶は歪《いびつ》な笑みを見せた。「大正解」

彼女はモニカの腹部に腕を伸ばし、優しく撫《な》でまわす。

「ここだけの話、『炮烙』はミィが葬《ほうむ》ったのよ」

「……へぇ。超強い老女とは聞いていたけど」

「かつてどれだけ凄《すご》くても、所詮は老いぼれ。哀れよー？　多少、ミィを傷つけたのが限界。最期《さいご》は無様に命乞いをして息を引き取ったわ。バッカみたい」

翠蝶は楽しそうにモニカの身体に触れ続ける。慈《いつく》しむように両手を動かし、腹や太もも、乳房などを愛撫《あいぶ》する。眉間に皺《しわ》を寄せるモニカに構うことなく。

「――次に世界で踊るのはミィたちよ」

モニカを触り続けながら、微笑《ほほえ》んだ。

最後に目の前のヒューロの街を睨《にら》み、楽しそうに口にする。

「さぁ狼狽《うろた》えろ、衆愚共！　終わらない悪夢を眼窩《がんか》の奥まで焼きつけろ！」

モニカは翠蝶と同じ方向を黙って見続ける。視線を向けながらも、果たしてどこに照準を合わせているのか分からないような、不明瞭な瞳だった。

「善処はするさ」

やがてモニカが口にする。

「この世界を壊していけばいいんだろう？　――汚れた、醜い裏切り者として」

夜が明ける。

フェンド連邦の長い悪夢はこれから始まる。

1章　緋蛟《あかみずち》①

——世界は痛みに満ちている。

世界大戦と呼ばれる歴史最大の戦争が終結して、十年。戦禍の惨状を目《ま》の当たりにした政治家は、軍事力ではなくスパイにより他国を制圧するよう政策の舵《かじ》を取っていた。

『灯《ともしび》』は、ディン共和国を代表するスパイチームだ。養成学校の落ちこぼれだった少女たち八人と、『燎火《かがりび》』のクラウスという自国最強のスパイで編成されている。

彼らは『鳳《おおとり》』という懇意のチームの壊滅の知らせを聞き、真相を解明するためフェンド連邦へ駆け付けた。

捜査の結果、『鳳』壊滅に関わった存在は、フェンド連邦の諜報《ちょうほう》機関CIMの防諜《ぼうちょう》専門部隊『ベリアス』と判明。彼ら全員を生け捕りにし、事の真相を聞き出した。

——フェンド連邦に、ガルガド帝国の諜報機関『蛇《へび》』が潜んでいる。

CIMは彼らによって偽《にせ》情報を摑《つか》まされ、『鳳』を襲撃したに過ぎなかった。『蛇』は、『灯』の少女たちにとって仇敵となる。

だが、次なる一手を仕掛けようとした矢先、思わぬ事態に見舞われる。

『灯』の中核を担《にな》う一人、『氷刃《ひょうじん》』のモニカの裏切りだった。

◇◇◇

モニカ離反の現場にいなかったクラウスは、まず状況確認に努めねばならなかった。

カッシャード人形工房の前では、リリィ、ジビアの二人が火災現場に飛び込もうとして、消防士に止められている。その隣では救急隊員がエルナの頭に包帯を巻き、またその奥では別の隊員たちが厳しい剣幕でティアとアネットを病院へ運んでいく。

クラウスは手早く消防士の制服を盗み出し、燃え盛る現場を確認した。次に救急隊員と接触し、怪我《けが》を負った少女たちの状態を知る。

――エルナは側頭部に切り傷。

――ティアは右腕を負傷。

――アネットは肋骨《ろっこつ》と内臓を損傷。即刻手術が必要のようだ。

幸い命に別状はないらしい。

後者二名は病院で手術を受けるという。彼女たちはそれぞれ飲食店従事者、観光客という肩書でフェンド連邦に潜入している。一般人として手厚く保護されるだろう。

クラウスは残った部下たちを近隣のアパートに移動させた。任務用に借り上げている『灯』の拠点だった。

焦燥に満ちた顔の部下に「落ち着け」と告げ、人数分の紅茶をクラウス自ら淹《い》れた。部屋に置かれたソファに座るリリィ、ジビア、エルナの前にティーカップを並べ、香りづけのブランデーを加える。

一口飲ませた上で三人から事情を聴取した。

——モニカの裏切り。

もちろんクラウスにとっても衝撃的な事態であったが、取り乱すことはなかった。ボスとしての責任感が心を落ち着かせていた。

「あらゆる感情を一時、殺せ。ブレーカーをそっと落とすように、だ」

一通り聞き終えたところで、クラウスは口にした。

「一つ一つ確認していこう。まずモニカが仲間を攻撃していたのは確実なんだな？」

リリィとジビアが頷《うなず》いた。特にエルナは直接攻撃を受けて一時的に気絶していたらしく「……間違いないの」と苦し気に肯定する。

淡々と質問を続ける。

「グレーテが血の海に倒れ伏していたのは、全員目撃したんだな？」

リリィ、ジビア、エルナが頷く。

「その際、生死確認はしていないんだな？」

三人は再び頷いた。

リリィが「まず助からない出血量でした。手当てを施すより、まだ助かる余地のある仲間がいるなら、そっちを優先するべきと」と感情の乏しい声で口にする。

一見冷酷ではあるが、合理的な判断だった。

やはりリリィのメンタルの強さは、非常時に頼りになる。

「ただ」リリィが呟《つぶや》く。「その後は火の手が回ってしまい、何もできませんでした。グレーテちゃんの遺体を回収することも――」

「遺体はなかったよ」

「えっ」

「火災現場を捜索したが、グレーテらしき遺体は確認できなかった。お前たちが見た状況通りなら、彼女は現場に放置されていたはずだ」

クラウスは告げる。

「必要があってモニカたちに攫《さら》われたと見るべきだろう。生きている可能性はある」

もちろんグレーテの遺体が必要だった可能性がない訳ではないだろうが、その理由は考えにくい。彼女の変装技術か、頭脳か、何かが必要だったのだろう。

部下の三人は同時に頰を赤く染め、嬉《うれ》しそうに息を吐いた。ジビアとエルナが目に涙をため「マジでよかった……」「の……」と呻《うめ》く。

気がかりだったのだろう。必死に火災現場に踏み入ろうとしていたのは、そのためか。

「もちろん、予断を許さない状況には変わりないがな」

再び気を引き締めるために言葉を告げ、情報を整理する。

少なくとも何が起こったかは理解できた。

——モニカ背反、グレーテ行方不明、アネット重傷、ティア軽傷。

『灯』にとって「半壊」と言える状態だ。

そうまとめた上で、思考を次に進める。

「やはり『蛇』の目的が分からないな」

クラウスが口にする。

「モニカを手駒に加えたなら、こんな派手に動かす必要はない。普通、敵スパイを裏切らせた場合、目立った行動はさせず長期的に情報を流出させるものだ」

彼女の襲撃はあまりに中途半端《ちゅうとはんぱ》だった。

グレーテ一人を攫うだけなら、もっと隠密《おんみつ》に遂行できたはずだ。モニカならば誘拐を実行しても、何食わぬ顔で仲間と合流できる技量はある。

「それに関しては分かりますよ」とリリィ。

「ん？」

「先生を長期間欺くのは無理ですもん。わたしたちの常識です」

告げられた言葉に、ジビアもエルナも深く首を縦に振る。

「アンタを騙《だま》す方法は一つしかない。直接話さないこと」「なの。少しでも喋《しゃべ》ったら、絶対バレるの。長い間隠し事をするのは無理なの」

なるほど、と納得した。

クラウスは少女たち程度の相手なら、ほぼ確実に隠し事を見抜ける。

そういえば『ベリアス』襲撃直前の作戦会議でも、モニカに違和感は覚えていたか。

（……？　そうだ、僕はモニカの態度が普段と異なることを察知していたんだ）

ふと引っかかりを感じる。

（……なぜ追及しようと思えなかった？）

当時は『鳳』のことに専念していたが、まさか部下の異変にさえ心を配れないとは。

後悔――よりも深い、不可解さがある。なにか。

気味悪さを感じるが、今は後回しにする。

「なるほどな、お前たちは長期的に僕を欺けない。だとしたらモニカの裏切りは、短期間で成された工作と判断していいだろう」

「あっ、確かに」リリィが手を打つ。

「フェンド連邦に来た後、『蛇』はモニカに接触した。そう見るべきだ」

少女たちの目撃情報によれば、モニカのそばにいたのは『翠蝶《みどりちょう》』と呼ばれる少女だろう。この国で待ち受けていた彼女が、裏切りを手引きしたのかもしれない。

「――全てはこの国から始まっている」

クラウスはそう結論づけた。

フェンド連邦を訪れて以来、きな臭さはずっと感じている。

（ダリン皇太子暗殺の件とも無関係ではないだろう……『鳳』が壊滅した件もそうだ……ただ『蛇』が無目的に行っているとは思わない。明確な意図があるはずだ）

フェンド連邦の王位継承権を持った男が昨晩、暗殺された。

朝にはニュースが国中に出回り、間もなく動乱が引き起こされるだろう。

（『蛇』はこの地で何を企《たくら》んでいる……？）

クラウスが知る『蛇』のこれまで行動は二つ。

——『蒼蠅《あおばえ》』。かつてのクラウスの師匠・ギードが手引きした『焔《ほむら》』の壊滅。

——『紫蟻《むらさきあり》』。ミータリオで世界中の諜報機関へ大打撃を与えた無尽蔵の殺戮《さつりく》。

クラウスたちは彼らを打倒こそしているが、目的を達成された後に対処しているに過ぎない。

名だたるスパイが次々と殺され、『蛇』が世界で暗躍しやすい環境が整った。

その上で更なる一手がダリン皇太子の暗殺か。

まだ情報は山ほど要る。だが幸い情報を得る方法は手に入れていた。

「アメリ」

クラウスは、ずっと部屋にいる女性に声をかけた。

「フェンド連邦の内情について話せ。命令だ」

アパートの一室には、『灯』以外のメンバーが一人だけ存在した。

——『操り師《あやつし》』のアメリ。

目元に濃いクマがある、魔女めいたオーラを纏《まと》うゴスロリ服の女性だった。居心地が悪そうにソファの隣で立っている。

「言い淀《よど》めば、お前の部下を一名ずつ殺していく」

静かに脅しの言葉もかける。

『灯』は彼女の部下二十五名の捕縛に成功していた。現在別場所で捕えた副官以外は郊外にある工事現場の管理小屋に監禁している。無線で指示を出せば、部下が即刻射殺できた。

アメリは力なく首を横に振る。

「話せ、と言われましても、何を話せばいいやら。ワタクシにとっても、モニカ——さんですか。彼女の背反はまるで理解ができませんわ」

「CIMが抱える情報を一通り語るだけでいい。後はこっちで判断する」

「……国家機密は明かせませんわよ？　いくら脅されても」

「語れる範囲で構わない」

にべもなく伝えると、アメリもまたソファに腰を下ろした。

ジビアが何か言いたげに見てきたので、仕方なくアメリにも紅茶を振る舞ってやる。敵対するスパイ同士にそんな義理もないのだが。

アメリは紅茶に見向きもしなかった。

「当たり前と思われる内容からでいい」クラウスは言った。「多くは言えないが、彼女たちは常識に疎《うと》い部分があるんだ」

養成学校では落ちこぼれだった彼女たちだ。特にジビアは座学の成績が悪かった。

一瞬アメリは怪訝《けげん》そうに「……？」と瞬《まばた》きをする。

が、他の少女たちから真剣な眼差《まなざ》しを向けられ、気を取り直したように軽く頷き「分かりましたわ」と短く口にした。

まるで講壇に立つ教授のように、アメリは声を一オクターブ高くする。

「では明かしましょう、御客人。この世界の成り立ちから、我が国の内情までを」

◇◇◇

身震いをする。被《かぶ》っているキャスケット帽を深く被り直す。

アメリがフェンド連邦の内情を説明しているちょうどその頃、『草原《そうげん》』のサラは仲間から離れ、温度が奪われていく指先を温めていた。

「うぅ、冷えてきたっす……」

早朝の冷え込みが強くなってきていた。

ヒューロ郊外にある小高い山には、放置された工事現場があった。かつてはリゾートホテル計画があったらしく、山が大きく切り開かれている。隅には重機械が並び、工事再開の日を待っている。

『灯』が『ベリアス』全員を捕縛するという奇策をやってのけた現場だった。クラウスの指揮の下、ジビアとグレーテが奮闘し、見事成功させた。

その工事現場には二階建ての管理小屋が建てられていた。

小動物のような瞳を持つ、キャスケット帽がトレードマークの茶髪の少女――『草原』のサラは管理小屋で捕らえた者たちの見張りを担《にな》っていた。

上着を探そうと廊下を進みながら、ふぅと息をつく。

「そんなに震えて、大丈夫でござるか？」

声がかけられた。

臙脂《えんじ》色の髪を頭の後ろで束ねている少女――『浮雲《うきぐも》』のランだった。『鳳』の唯一の生存者だ。全身に負った怪我《けが》の治療中。一度休養のためマンションに戻った彼女ではあるが、一眠りした後にまたここまで戻ってきた。

「あ、いや。ちょっと慣れなくて……」

サラは困ったように眉を曲げる。

「少し胸が苦しいんです。人を長期間監禁するなんて未経験で……」

ここまでの強硬策は『灯』にとって初めてだった。

監禁部屋には、二十人以上の人間が両手足を縛られ、寝転がされている。クラウスたちに与えられた傷には応急処置を施しているが、完璧な治療行為とは言い難《がた》い。訓練されたスパイと言えど、時折苦しそうな呻き声をあげていた。

心優しいサラにとって胸に詰まる想《おも》いがした。

「一体いつまで『ベリアス』の人たちを監禁していたらいいんすかね……?」

「もちろん、いつまでも、でござる」

ランの返答は早かった。

「必要があるまで監禁を続けるのが、拙者たちの使命だ。問題があれば全員の命を奪って、そこの重機で埋めればよい。バレることもあるまい」

「う……そ、そうっすね」

「別に拙者は『ベリアス』を許しておらぬ。騙されていたとはいえ仲間を殺したのだ」

鋭い視線が監禁部屋に向けられる。

「本来ならば――拙者が最低五人は葬《ほうむ》ってやりたい」

サラは、ランの手に拳銃が握られていることに気が付いた。有事の際、即対応できるための装備だが、やはりおっかない。

『鳳』の壊滅には『ベリアス』が関わっている。ランにとってみれば、彼らは怨敵《オンテキ》だ。

冷酷な雰囲気を纏い始めたランにサラが焦《あせ》っていると、彼女はふっと表情を緩めた。

「――と柄にもないことを言ってみた」

「え？」

カカッと快活に笑って、ランは腕を組んだ。

「本当は拙者も手荒な作業は勘弁でござるよ。いつもの拙者なら気を抜いて、人質とトランプ遊びでもしていたな」

「普段そんなことしているんすかっ⁉」

「ヴィンド兄さんによくキレられたでござる」

「と、当然の対応っすね……」

「でも、もう叱ってくれる仲間はいない」

寂しげにランが息を吐き、眩《まぶ》しそうに窓を見る。視線の先には、朝日が昇っていくヒューロの街が遠くに見えた。

その街で起こった出来事を思い出し、サラは息を呑《の》む。

ランが背中に触れる。

「震えているのは、モニカ殿のことでござるか？」

「はい……」頷《うなず》いた。「何かの間違いっすよ、モニカ先輩が――」

それ以上の言葉は続かない。

彼女が起こした事件は既に無線で報告を受けていた。信じたくない内容だった。だが教えてくれたリリィとジビアの声音が真実だと伝えていた。

ありえない現実に立ち眩《くら》みさえ覚えた。

「サラ殿は、モニカ殿と師弟関係でござったな」

「はいっす……」

「今はここで待つでござるよ。クラウス殿を信じよう」

労《いた》わるようなランの言葉に、サラはただ頷いた。

哀《かな》しみの連続に震えることしかできないまま。

◇◇◇

アメリは聞き取りやすい声で語り始める。

「この世界の歪《ゆが》みは一体どこから生じたのでしょうか？」

投げかけるような言葉から説明は始まった。

「産業革命、重工業帝国主義――我々『西央』諸国はあまりに力を持ちすぎた。競い合うようにトルファ大陸の植民地支配を始め、やがて極東諸国に進出。世界の大半を手中に収めると、とうとう西央諸国同士で戦争を始めた」

ジビアが言葉を続ける。

「──世界大戦」

「ご名答ですわ、小娘《リトルレディ》」

アメリが頷いた。

「我々フェンド連邦、ライラット王国を始めとする連合国、そしてガルガド帝国を始めとする枢軸国で行われた、人類史上最大の戦争です」

十四年前に始まった戦争だ。

当初は各地での小競《こぜ》り合い程度だった戦争は次第に戦線を広げ、苛烈さを増していった。発達した科学技術は、最新兵器を次々と生み出していった。二年が経《た》つ頃にガルガド帝国はライラット王国への侵略のため、その通り道となるディン共和国を占領した。

終戦したのは十年前。そろそろ十一年にもなるが。

クラウスもまた経験している。細かいことは覚えていないが、砲弾で破壊された街に呆《ぼう》然《ぜん》と立ち尽くしていた少年時代の記憶が脳裏にある。

「連合国側の勝利で終結したとはいえ、我々も多大な損害を被りました。戦車、航空機、潜水艦、毒ガス、人を殺しすぎる兵器の数々、そして総力戦を可能にするほど向上した輸送技術──経験した者ならば、誰もが地獄と表現するでしょう」

ジビア、リリィ、エルナもまた黙りこくっている。

幼少期に体験した、それぞれの記憶を思い出しているのだろう。『灯』の多くは直接戦争の被害を受けた、あるいは、その直後の混迷する時代に振り回された過去がある。

「……終結に貢献したのが『焔』でしたっけ？」リリィが尋ねる。

「その通りですわ」

アメリが微笑を浮かべる。

「『紅炉《こうろ》』を始めとする世界最高峰のスパイ集団『焔』は、ガルガド帝国の軍事機密を連合国側に送り続けた。彼らの活躍がなければ、終戦にはもう三年は必要だったでしょう」

「や、やっぱり凄《すご》いんですね……」

「ええ、『紅炉』は我々の界隈《かいわい》で『世界最高のスパイ』と称されています」

アメリが視線をちらりと向けてきた。

「……ちなみに、この男の『世界最強のスパイ』という肩書はただの自称ですわ」

「ただの事実なんだがな」

なぜか嫌味を言われた。一応師匠である『炬光《きょこう》』のギードから賜った称号なんだが、と反論したくなる。が、おそらくその頃からギードは『焔』の裏切りを考えていたはずなので、少し事情は複雑だ。語るまい。

閑話休題。話を戻すべきだ。

「この辺りは僕の認識とも相違ない。大戦後のフェンド連邦について語ってくれ」

「世界大戦が終わった直後から、世界は大きく三つの変化を辿《たど》ります」

アメリが説明を再開した。

「一つはムザイア合衆国の台頭です。大戦中の物資支援で発展を遂げ、痛手を被った西央諸国を先導するまでに成長した。今やフェンド連邦を超え、世界一の大国となりました」

少女たちも訪れたことがあるため覚えているはずだ。

ウェストポートビルを始め、超高層ビルが広がる首都ミータリオの光景を。長期にわたる経済会議が開かれる等、世界の中心ともいうべき国となった。

「もう一つは各国の協調方針。二度と戦争を起こさないよう、平和を目指すことになりました。各国で和平条約が結ばれていった」

これも間違いない。基本的に世界中の国が軍縮の路線を辿っている。微減程度ではあるものの、防衛費は年々少しずつ削られている。

「そして最後に――」

アメリが静かに口にした。

「――世界は見えなくなった」

随分と抽象的な表現に、少女たちは同時に首を捻《ひね》る。

クラウスは察したが、アメリの説明を待った。

「各国は軍事力よりも諜報《ちょうほう》機関に力を入れるようになりました。これまでも行われてきましたが、従来の何十倍も費用を注《つ》ぎ込み、スパイ工作に注力し始めた。今の世界でどことどこが争い、何が起きているのか、以前よりずっと不透明になったのです」

つまりスパイの時代の到来だ。

ディン共和国では、陸軍情報部と海軍情報部の精鋭、そして『焔』が集い、対外情報室が創設された。世界大戦の経験から、情報こそが新時代を制するという価値観も形成されていった。

いまや各国がスパイを送り合って、影の戦争を広げている。

水面下で、不透明で、複雑怪奇に、静かに――戦争は見えなくなった。

諜報戦において現在どこの国が優位かを確信している者など、世界のどこにも存在しない。自国こそが盤石《ばんじゃく》と思っているスパイがいるなら、足を掬《すく》われるのも時間の問題だ。

アメリは「もちろん、その把握のために我々諜報機関があるのですが」と補足しつつ、言葉を続けた。

「結論を言いましょう——現在フェンド連邦はかなり混迷しています」

少女たちが改めて顔を引き締める。

ようやく話の核心に入った。

「多数のスパイが潜入し、入り組んでいる……認めたくありませんが、我々CIMの最高機関『ハイド』にも裏切り者が潜んでいるかもしれません……」

アメリが苦々しい表情で呟《つぶや》いた言葉に、クラウスも「そうだろうな」と同意する。

ほぼ間違いないだろう。

ダリン皇太子の命が狙われている局面で、CIMは全く見当違いの『鳳』を容疑者と定め、『ベリアス』に襲撃させた。その後も『浮雲』のランを捜索するという無意味な行動に労力を費やし、結果的にダリン皇太子は殺された。

既にCIMは腐敗している。

リリィが気の毒そうに尋ねる。

「なんで、そんなことに?」

「十中八九『親帝国派』の人間でしょうね。現在フェンド連邦では、ガルガド帝国と連携すべき、という思想が一定の支持を集めております」

少女たちには受け入れがたい現実だったようだ。

ジビアが「はぁっ？」と声を張り上げる。

「ちょっと待て。なんでだよ、だって帝国は大戦で争った――」

「そう、本来ならば許されざる宿敵。ですがムザイア合衆国が力を持ちすぎたせいで、その価値観にも変化が生まれているのです。このまま合衆国を野放しにしてよいのか、と」

アメリが言葉で制する。

「この国は二つの思想で分断が起きている。

――【ムザイア合衆国と連携し、ガルガド帝国を警戒すべき】という従来の思想。保守右翼、穏健派など呼び名はありますが、大抵は簡潔に『反帝国派』と呼ばれています。

――そして【ガルガド帝国と手を組み、ムザイア合衆国を警戒すべき】という新しい勢力。革新派、リベラル派……こちらもシンプルに『親帝国派』と呼ばれています。

この『反帝国』と『親帝国』という二つの思惑が議会や市民の間で対立を生んでいる。

まさかＣＩＭ内でも同じことが起きているとは思ってもみませんでしたが……」

帝国に侵略されたディン共和国の自分たちとは異なる価値観だった。

大戦前まで世界トップの国は長らくフェンド連邦だった。ゆえに世界二位と転落した現状を、快く思っていない国民は多い。

次なる敵は、ガルガド帝国か、ムザイア合衆国か。

その問いはフェンド連邦を二分する、大きな争点となっている。

「従来CIMはもちろん反帝国の立場です。彼らに負わされた傷は忘れない。ですが国力を増し続けるムザイア合衆国を脅威に感じる者が出てきたのでしょう」

「そ、そんなの、ガルガド帝国に付け入られる隙だらけじゃ……」

リリィの言葉通りだった。

どれほど鉄壁な諜報機関であろうと、そんな状態では容易《たやす》く攻略される。

「そうですわね。裏切り者が出始めているのでしょう」アメリが悔し気に肯定する。

「……僕が知る限り、CIMは組織力に優れた機関だったんだがな」

クラウスは『焔』時代に、何度かCIMとは敵対も協力もした。その高い技量に幾度となく翻弄されたこともある。

「優秀なチームも多くあったはずだ。『レティアス』はどうしている？」

「ミータリオで全滅しましたわ」アメリが悔し気に唇を噛《か》む。「後続のチームもまた」

超広範囲のスパイ殺し――『紫蟻』の殺戮《さつりく》か。

分かっていたことだが、フェンド連邦も大打撃を被ったらしい。

「お、教えてほしいの」

さっきから真剣な表情で黙りこくっているエルナが口を開いた。

「ダリン皇太子殿下は、反帝国派だったの？」

「王族の方ですからね。公に政治思想を口にしたことはありません。あらゆる国との平和を述べる、偉大な方でしたわ」

クラウスがアメリを睨《にら》みつける。

彼女の声音には、嘘《うそ》のイントネーションが僅かに滲《にじ》んでいた。誤魔化しは許されない。機密情報でも話せる限り語ってもらう。

アメリは小さく息をついた。

「……噂《うわさ》では、ガルガド帝国を毛嫌いしていたと言われています」

彼女も詳しく把握している訳ではないが、陸軍の反帝国路線の幹部たちと緊密な関係だったらしい。

やはりと言うべき事態だ。ダリン皇太子は反帝国派のシンボルだった。だが親帝国派の手引きにより、帝国のスパイにあえなく暗殺されたか。

――誰が味方で、誰が敵なのか。

このフェンド連邦の地においては、判断は困難極まる。ガルガド帝国のスパイたちに中枢まで侵略されているようだ。

「正直、ワタクシも混乱していますわ。アナタたちを、そして『浮雲』のランをこの目で直接見るまで、CIMも『ハイド』も反帝国の一枚岩と思っていました。信頼しておりましたのに……」

アメリは溜め息をつくように言葉を漏らす。

「――世界は見えなくなりましたわ。一寸先は、闇」

◇◇◇

アメリから話を聞き終えたところで、クラウスは少女たちに休息を取らせた。

彼女たちはすぐにでもモニカの捜索に向かいたいようだったが、制止した。彼女たちは昨晩からずっと働き詰めである。無理はさせられない。

居室にはクラウスとアメリだけが残される。

二人きりとなり、アメリはつまらなそうに足を組んだ。

「ワタクシの部下は解放して下さらないのですか？」

「まだ必要だ。場合によってはお前の権力を行使する必要がある」

「……解放して下されば、CIMが全面的に協力できるかもしれません」

「…………」

その提案には惹かれるものがあった。

これから『灯《ひ》』はまず、モニカの行方を追わねばならない。その際、土地勘のある現地の諜報機関ほど心強いものはない。本来の『ベリアス』の実力ならば、路地に紛れ込んだネコ一匹だろうと見つけ出せるはずだ。『蛇』を追い詰めるにも有効だろう。

だが安易に呑《の》めなかった。

「――無理だな。今のお前たちは信頼できない」

CIM上層部には、ほぼ確実に親帝国派がいる。組めば情報漏洩《ろうえい》の懸念《けねん》がある。

アメリもまた理解していたように「分かりましたわ」と頷《うなず》いた。

「ですが、あまり長期間我々を拘束すれば、上層部がワタクシに不審感を抱きますわ。そうなればアナタたちの凶行も露呈するでしょう」

「お前が誤魔化せ。失敗すれば、部下を殺す」

「……それでも二週間程度が限度ですわよ?」

「分かった。それまでに全て解決させる」

やり取りを終えると、アメリは僅かに肩を落とした。その表情には濃い疲労が溜《た》まっている。化粧も崩れ始めていた。

彼女はようやく目の前のティーカップを手に取った。冷めているであろうブランデー入りの紅茶を少しずつ、流し込んでいく。

「……少し疲れました」

「…………」

「絶対正義──我々は常に正しく、間違えない」

自嘲するようにアメリは口の端を曲げる。

「そんな信念の下で信頼した『ハイド』にダリン皇太子殿下の暗殺を手引きした者がいるかもしれないなんて……少々ショックを受けております……」

演技なのか本心なのか。

初対面時では鉄仮面のような冷たい顔の女という印象だった。だが上層部の不審や、『灯』との敗北が続き、その心を乱しているのかもしれない。

彼女はティーカップを静かに置いた。

「燎火」

「なんだ」

「アナタは優秀な部下をもっておられるのですね」

「……突然なんだ。部下に裏切られた僕への嫌味か？」

「本心ですわ。ジビア、リリィ、エルナの三人。こんな事態でも即行動に移せるのは、紛れもない長所です。一体どのような訓練を積んでいるのか、知りたいくらい」

突然投げつけられた賛辞の声に「そうだな」と素直に返答できた。

少女たちの切り替えは早い。すぐ前を向き、次の選択肢を検討し始めている。

「その通りだよ、アメリ。僕の自慢の——極上の部下だ」

クラウスはハッキリと答えた。

「だから取り戻さないといけないんだ。一度離れていった、僕の生徒を」

しばし身体《からだ》を休めたらすぐにでも街へ向かおう。普段は本音をひた隠しにしている、拗《こじ》らせに拗らせている優等生を見つけ出すために。

答えを見つけ出さなくてはならない。

——『氷刃』のモニカはなぜ『灯』に牙を剝《む》いたのか？

2章　氷刃《ひょうじん》①

日常のほんの少しの出来事が、深い絶望に感じられることがある。

身体の中央にある核のような部分が捻《ね》じ曲がる——そんな感覚だ。

例えば、朝目覚めてベッドに差し込む光の温かさに頬を緩めた時。買い物の帰り道パンが焼ける香ばしい匂いに気づいて、新しくできた店を探す時。豪雨の日、風に吹きつけられた窓が立てる音に怯え、冷える肩をさすった時。駅前のイチョウの色が変わったことに気づいて、ふと目の前に黄色の葉が舞い降りてきた時。

そんなありふれたことが、なぜか胸に強い苦しみを抱かせる。

共有は、どんな人間にも幸福をもたらす。

全ての人々は日常的に感情を共有する。子どもは親に学校で褒められたことを自慢し、女性は喫茶店で同僚に上司の不満を漏らす。老人は公園で息子夫婦からもらったセーターを見せびらかし、男性は酒場で政治家に対する怒りをバーテンダーにぶちまける。

特別な意味などない。ただ感情を分かち合うことが、当人に幸せを与えていくのだ。

ゆえに少女は怯《おび》える。

――自分は誰とも想《おも》いを共有できないまま死ぬのではないか、と。

いずれ「モニカ」という仮の名を名乗る六歳の少女は、そんな絶望を日々考える。

彼女の物語はここから始まる。

◇◇◇

芸術家の家系に生まれた彼女の幼少期は、音楽や舞踊、戯曲、絵画、彫刻などに埋め尽くされていた。画家の父と、バイオリン奏者の母。家に訪れる彼らの友人も芸術家。

教育方針は「若いうちに色々やらせて、自分に合った分野を探させる」といった、裕福な家庭特有の育児。歳《とし》の離れた兄、姉もまた当然のように多くの芸術に挑戦していた。

物心がつく前にムザイア合衆国に移住した。世界大戦の戦火から逃れるためだ。

西央諸国が戦争で混迷している間も、合衆国は平和なものだった。食料や衣類の需要が増加し、むしろ好景気に見舞われていた。

西央の悲惨なニュースに両親は顔をしかめるものの、帰国する気はないようだった。

戦争が終結しても、家族はムザイア合衆国に残り続けた。

ハウスメイドに作らせた夕飯を食べながら父は「モダニズムに挑んでいるんだ」と楽しそうに明かす。「接吻《せっぷん》する夫婦の絵だよ。ミータリオのレストランで飾られる予定だ」

母は「今度コンサートがあるの」と穏やかな表情で語る。「古典の戯曲をテーマにした演奏会。知っているでしょう？　男女の禁断の恋を描いた——」

兄姉《きょうだい》は相槌《あいづち》を打ち、自らが挑んでいる芸術について発表し合う。目指すべき美については家族が最も盛り上がる話題だった。

当然、両親は少女にも芸術の道を進ませた。

「さぁ、お父さんのようにアナタも描いてごらん？」

「さぁ、お母さんのようにアナタも弾《ひ》いてごらん？」

気乗りはしなかったが、少女は言われるがままに挑戦した。

何をやっても瞬《またた》く間に上達できた。真似《まね》るのは得意だった。父か母、あるいはその友人たちの技術をコピーすればいい。ピアノも彫刻も油彩画もサックスも水彩画も、そこらの子どもとは比較にならないスピードで上手くなれた。

しかし家族は認めなかった。

「静物画は素晴らしいね。手先がとても器用で、精密だ」

父は最初褒めこそするが、次第に気の毒そうな表情をする。

「ただ風景画や人物画は少し、ねぇ。写実主義も、ただ正確に描けばいい訳じゃないんだ。どこを切り取るかで印象は変わる。確かに芸術は模倣から始まるとはいうが……」

父も母も、彼らが雇った教師も、最後に告げる言葉は同じだった。

「うまいだけで――魂が感じられない」

聞くたびに少女の心は次第に乾いていった。

それでも尋ねはした。

「魂とやらはどうやって生まれるの？」

「恋だね」「恋よ」

返ってくるセリフも父母同じだった。

「いずれ分かる。運命の相手と出会った時、この世界が色づくんだ。その美しさと言ったら」「男と女とはそういうものよ。ねぇ学校に気になる男の子はいないのかしら？」

「――うざ」

こっそり少女は毒づいた。

不思議そうにする両親に「なんでもないよ、お父様、お母様」と雑にあしらい、少女は静かに背を向ける。

家族に馴染《なじ》めなかった。

故郷が戦火に焼かれる中で芸術活動に励み続けた両親たち、来る日も来る日も美について語られる食卓、そこに当然のように追従する兄と姉。

そして彼らが恋愛について説く時、なぜか心に違和感が生じる。

家族団らんの場では口を噤《つぐ》み、できる限り一人で過ごしていた。部屋で壁に向かってボールをぶつけ、暇を持て余した。

その要因が分からないまま、時は流れ、少女は十二歳を迎える。


十二歳、少女は故郷のディン共和国に戻ってくる。

一般の学校に通い、世界大戦の惨状を知る。ガルガド帝国が行った侵略の悍《おぞ》ましさ、街の大通りを他国の陸軍がわが物顔で闊歩《かっぽ》していたという恐怖。

世界大戦という地獄がどれほど人々を苦しめたのか、少しずつ理解した。

だが、その経験から逃れていた少女は、学校で浮いていた。国の危機に逃げていた者、という評価は、子どもの世界では大罪人と変わらない。少女が運動や学業で優秀だったことも、嫉妬を集める原因になった。

放課後は、父が借り上げたアトリエに籠り続けた。

芸術には辟易《へきえき》していたが、他に行く当てはない。

アトリエには、よく父の弟子が出入りしていた。父は場所を貸し与え、使用料を取っていた。入れ替わりは激しかった。

十三歳を迎え、数か月が経った春の日、不思議な男性を見かけたことがある。

目鼻立ちがハッキリしており、映える金髪《きんぱつ》の女性受けしそうな容姿だ。実際、爽やかな好青年に見えた。誰と話しても朗らかな笑顔を見せ、軽快なトークをしてみせる。だが目の奥には、全てを見透かすようなうすら寒い雰囲気を感じさせる。歳は二十代半ばか。

（……こんな奴《やつ》いたっけ？）

男からは香水の匂いがした。知っている花だった。

少女は内心で『ラベンダーの青年』と命名する。

不思議に思いながら見つめていると、声をかけられた。相手は屈託のない笑顔を見せ、こちらの警戒心を瞬く間に解いてきた。

アトリエ内に他に人の姿はなかった。

気づけば、胸の内を一部明かしていた。両親とのズレのこと。

「男女の恋愛が全て、だなんてナンセンスだね。キミのお父さんは的外れだなぁ」

彼は両親の価値観をあっさり否定した。

少女は面食らった。

「いいの？　そんなこと言って。お父さんは師匠に当たるんじゃないの？」

「だってバカバカしくない？」

ラベンダーの青年は屈託のない笑顔を見せた。

「男女間の恋愛が全てじゃないことは歴史が証明している。希代の芸術家には同性愛者と噂《うわさ》される人も多いよ」

「まぁそう聞くね」

「かつては同性愛者こそ優れた人間だって考える文化だってあったくらいだ」

やけにつらつらと語る青年。

ふと疑問が生じた。

「今は？」

「ん？」

「昔はよかったなら、今はどうなの？」

尋ねると、一瞬、青年の顔が哀《かな》し気に歪《ゆが》んだ。彼がおもむろに顔を手で覆い、その手をどけた時には、快活な笑みに戻っている。

「精神疾患」青年は言う。「そして犯罪だ。同性愛者の性交は刑罰で処される」

「……なんでそんな厳しいのさ」

「世界に余裕がないからだよ」

彼は肩を竦《すく》めた。

「日がな生き延びることで精一杯の人間が、他人の幸福を考えることはできやしない。自分のことで精一杯だ。この国だけじゃない。周辺諸国一帯では大戦の弾痕がいまだ生々しく残っている。その上で西央諸国は植民地から搾取《さくしゅ》を続けている」

彼は軽やかに語りながら、アトリエ内を歩き始めた。その一角には１００号の巨大なサイズの油彩画のキャンバスが立てられている。

彼が持ち運び、熱心に絵の具を足している絵。

キャンバス全てを覆う黒が、悲鳴をあげる幾人もの子どもたちを呑《の》み込んでいく。

「――憂虞《ゆうぐ》」

ラベンダーの青年は言った。

「それが世界に蔓延っている限り、少数など気にかけられるものか。戦災孤児も、犯罪者家族も、身体に欠陥を持つ者も、性被害者も、同性愛者も、貧困に喘《あえ》ぐ子どもも、虐待を受ける子どもも、精神疾患を宿す者も、誰も相手にしない」

彼は自身の油彩画をじっと睨《にら》みつけている。

「誰も助けられないんだ」

呟《つぶや》きは悲し気に響いた。

彼の言葉はなぜか少女の心を深く抉《えぐ》った。青年の声には、それだけの凄《すご》みがあった。泣きたくなるような衝動に襲われるが、その衝動に身を委ねることは彼の言葉を事実だと認めるような気がして、ただただ苦しかった。

立ち尽くす少女に、ラベンダーの青年は言った。

「ところでさ、このアトリエにクルードっていう男性がいるでしょ？」

「え？」

「予言します——彼ね、明日逮捕されるよ」

天気の話でもするように、彼は淡々と告げてきた。

明日、ラベンダーの青年の予告通りの男が警察に逮捕された。

——性犯罪法違反。

男性と性交渉を行ったという罪で拘束されたという。合意の下だろうと関係ないらしい。

クルード＝コラス。父の弟子であり、ずっとアトリエを出入りしていたため、地域では大きな話題となった。道端で事件について「恐《こわ》いねぇ」「うちの主人も狙われていたのかしら」と語る女性らを目にした。

アトリエ内にあった彼の作品は即刻、処分された。彼のことは少女もよく知っていた。ひたむきに油彩画に励んでいた青年で、よく少女にお菓子を分け与えてくれた。

彼の絵があったスペースを呆然と眺める少女を、父が強く気にかけた。

「お前は良からぬことを吹き込まれていないな？　大丈夫か？」

「……別に」

「良かったよ。それならお父さんは安心できる。しっかり異性と恋に落ちなさい。誰か気になる男の子はいないのか？」

少女は黙り続ける。

やがて何かを察したように父はため息をつき、モニカの前に置かれたキャンバスを見つめた。いつものごとく「お前の演奏や絵画は、ただ器用なだけだな」だの「精密なだけで魅力がない」だの気の毒そうに述べる。

この日に限っては普段より一言多かった。

「お前が輝ける仕事は、別にあるんじゃないのか」

「そうだね」少女は即答した。「ここにボクの世界はないみたいだ」


ラベンダーの青年が再びアトリエに来ることはなかったが、去り際、いくつかの話をしてくれた。

『クルードさんね、ガルガド帝国のスパイを支援しているんだ。芸術品に紛れ込ませ、銃弾を各地に輸送している。同性愛者という弱みに付け込まれたんだね。脅迫されて言いなりになっていた。でも最終的に捨てられたらしく、明日逮捕される』

突然に少女とは縁も所縁《ゆかり》もない世界の話をされ、困惑する。

ラベンダーの青年は『警察が雑に取り扱う前に、今一度、クルードさんの持ち物を探りたくてね』と言い、クルードのキャンバスに歩み寄った。

彼は絵を傷つけないよう、丁寧にキャンバスを分解していく。

木製の枠組みから、筒に包まれた羊皮紙が出てきた。

彼が何らかの——裏社会か諜報《ちょうほう》機関の人間であることは察したが、少女の理解には届かない世界だった。

『ねぇ、キミもこっち側に来る？』

唐突に彼が告げてきた。

え、と尋ね返す少女に、一枚の名刺のようなカードを渡してきた。

『予言します――キミはこの世界で運命的な出会いを果たす』

ハッキリとした強い断言だった。

『ディン共和国の諜報機関――対外情報室。興味があったら、その住所にある養成学校に行くといい。今、キミみたいな才能のありそうな子に声をかけているんだ』

訳が分からなかった。

だが胸は昂《たかぶ》っていた。このカードは切符だった。アトリエとも家族とも離れて、違う場所に辿《たど》り着くための乗車券。

ラベンダーの青年の全てを信頼した訳ではない。

しかし、少女は迷わずカードを受け取っていた。

青年は嬉《うれ》しそうに微笑《ほほえ》んだ。

『――極上だね』

そのセリフを、少女はいずれ別の人物から聞くことになるのだが、その頃にはラベンダーの青年の細かな言葉までは忘れていた。

◇◇◇

本名も戸籍も捨て、家出するように少女は養成学校へ向かった。

「モニカ」という名を得た少女は、間もなく頭角を現す。幼少期から観察と模倣は得意だった。芸術家として花開くことはなかった才能だが、目で捉えたものを脳で計算式に落とし込み、完璧に再現する技術はスパイの世界では有用だった。

射撃訓練でトップを獲得すると、座学でもあっさり他の生徒を追い抜き、入学から二か月足らずで養成学校で最上位の成績を収めた。向けられる嫉妬の視線は実力で捻《ね》じ伏せた。くだらない恋愛論を唱えてくる者もいない。

その環境が心地よく、充実した日々を満喫していた。訓練に励んで、己の才能を磨き続けた。スパイこそが自分の生きる道だ、と信じていた。

完膚なき挫折を味わうまでは、心は弾んでいた。

「ん、んー？　成績優秀者というのはこんなものか。驚いた。すごく弱いじゃないか！」

彼女の慢心が壊された日──各養成学校の成績上位者が集った特別合同演習。

正確には『焔《ほむら》』選抜試験だが、その事実は参加者に知らされることはない。モニカに理解できたのは、自身が天才などではなかった現実だった。

たった一人の女性に、モニカ含む二十名の成績優秀者が敗北した。何をされたのか分かることなく、モニカ以外の全員が倒れ伏していた。

漂白されたような純白の髪と肌の女性に蹂躙《じゅうりん》された。

──『煽惑《せんわく》』のハイジ。

当時は名前さえ分からなかったが、後にクラウスから教えられる。

世界最高峰のスパイと対面し、プライドはズタズタに引き裂かれた。立ち竦むことしかできなかった自分がショックだった。

「あ、蒼銀髪《あおぎんぱつ》のキミ、帰っていいよ？　聞いているよ、入学二か月でこの訓練に参加した、将来有望のルーキー君。それは誇るといい。でも今のキミの実力では論外なのだよ」

ハイジは最後直接、モニカに厳しい言葉をかけてきた。

「覚えておくといい。心に炎を灯《とも》せない奴《やつ》は──この世界ではゴミだ」

どれほど努力をしても到達できない高みがある。

そう、ハッキリと突き付けられた気がした。

(心に炎ってなんだよ……どいつもこいつも好き勝手言いやがって)

かつて告げられた両親の言葉と重なる。自身の芸術に魂はない、という評価。

(……現実は甘くないか)

翌日からモニカは訓練に手を抜き始めるようになった。情熱などない。芸術と同じで、自分には大きな欠陥があるという。どうして本気で向き合えようか。

時にサボり、適当に流す態度で日々を送り続ける。

試験でも一切、本気は出さなかった。

当然、養成学校の教官は何度も叱責したが、彼女を退学にはできなかった。最低限の成績は取り続けていたし、やる気がないだけで才能は申し分ない。

やがてモニカにはあるコードネームが与えられる。

――『氷刃』。

本来ならば、氷のように鋭く光る刃《やいば》を指す言葉。

しかし、そこには隠された揶揄《やゆ》がある。

――凍り付き、使い物にならなくなった刀。

「心に炎を宿さない」と評された自分らしいとモニカ自身も考えていた。

養成学校から離れなかったのは、他に行き場がなかったからだ。あるいは未練か。のんびりと四、五年ほど過ごせばいいと呑気《のんき》に在籍を続けた。

変化が生まれたのは十六歳を迎えた時だ。

唐突に校長室に呼び出された。また叱責だろうか、と辟易《へきえき》した態度で向かうと、一通の封筒を渡された。

校長の男が訝《いぶか》し気な顔で口にした。

「どうにも分からん話だが、『灯《ともしび》』という新しい諜報機関から指名があった」

クラウスからの招待状だった。

◇◇◇

不可能任務を専門とする新たな諜報機関『灯』。

そんなチームに招集され、全く心が躍らなかった訳ではない。歴戦のスパイたちが集っているに違いない。その誰かが自身の才能を見抜いてくれたのか、と期待した。

だが待ち受けていたのは、落ちこぼれの少女たちだった。

「先生が外出している隙に、部屋中にトラップを仕掛けまくってやりましょう！」

「よっしゃっ！　地獄を見せてやろうぜ！」

リリィとジビアが雑すぎる作戦を組み立て、突入する。

「「ぎゃあああぁっ！　部屋に入った途端、ワイヤーがあああぁ！」」

そして十秒足らずで失敗する。


そんな光景が毎日のように繰り広げられていた。

（動物園かよ、ここ）

『灯』の結成直後、モニカは陽炎《かげろう》パレスの広間で呆《あき》れていた。

失敗続きでメンタルを壊すティアにも、変な発明品ばかり作っているアネットにも、勝手に不幸に嵌《はま》っているエルナにも、彼女は辟易していた。

訓練自体は真面目に取り組んでいたが、心は養成学校時代同様、冷めきっていた。

（まぁヤバかったら逃げればいいか）

そんな打算もあった。

（どうせクラウスさんが、全部やってくれるでしょ。逆にクラウスさんが達成できない任

務を、ボクたちがサポートできるとも思えないし）

一度だけ全力でクラウスに挑んだことがあるが、結果はモニカの惨敗《ざんぱい》だった。

特別合同演習の件を思い出し、再び投げやりな態度になる。

逃げる、というのは妥当な選択肢だった。たとえ逃亡したとしても、スパイの技術を悪用しない限り、クラウスは黙認するはずだ。任務直前まで機密情報を教えないのは、いつでも逃げてよい、という意思表示だろう。

全身ボロボロの状態で広間に戻ってきたリリィとジビアを眺めた後、ふと隣で指を擦り合わせているサラを見た。

彼女はメンバーの中でもひと際、臆病だった。毎日のように泣きそうになっている。

「キミ、脱走したら？」モニカは言葉を投げかけた。

「え……？」

「スパイに向いていないじゃん。命を危険に晒《さら》すより、どこかでのんびり生きたら？」

ずっと怯《おび》えている彼女が哀れだった。本人が望むのなら逃亡方法くらい教えてやろうか、と考える。

サラは帽子を押さえ、きゅっと身体《からだ》を縮こませる。

「うぅ、それは分かっているっす……じ、実は何度も逃げようと思っていたっす」

「じゃあ――」

「た、ただ、最近はちょっと勇気がもらえていて……」

サラが帽子のツバの下から覗《のぞ》き込むように視線を送ってきた。

意味が分からず「は？」と声を漏らす。

「リリィ先輩っすよ」

彼女は微《かす》かに微笑んだ。

「あんな、おっちょこちょいな人だって頑張っているんだって思うと前向きになれて……

リリィ先輩もスパイに向いているとは思えないのに、ひたむきじゃないっすか」

まったく共感できず、モニカは首を傾《かし》げた。

彼女の視点では、リリィはただ無鉄砲なドジという印象しかない。視界の先ではリリィがめげずに次の作戦を立てている。彼女を囲むように、エルナ、テイア、グレーテが集い始める。

サラは帽子から手を放し、頬を緩めた。

「だからリリィ先輩を見ていると、自分も勇気がもらえるっていうか……」

「ふぅん」

モニカは適当に相槌《あいづち》を打った。

その後サラが慌てて「も、もちろん自分の方が遥《はる》かに落ちこぼれっすけど……！」と誤魔化すように述べたが、無視する。

「無理じゃない？」

「え？」

「アイツは能天気なだけ。そのまま死ぬだけでしょ」

声に出して、自分でその素っ気なさに驚く。

だが紛れもない本心だった。共に生活したことでメンバーの大体の実力は摑《つか》めている。

現状ではモニカ以外の少女七人が結集したとしても、モニカ単体の方が上だ。

彼女たちの才能は、モニカに遠く及ばない。

「薄々分かるじゃん。ボクたちが努力したところで、クラウスさんにはなれない。辛《かろ》うじてなれるのは、中途半端《ちゅうとはんぱ》に優秀なスパイ。便利に使い捨てられるだけ」

リリィを見て勇気をもらえるほど単純ではなかった。

モニカの心は凍り付いたまま。

「本当に、それだけなんだ」

サラは言葉を失ったように、モニカを見つめ続けた。

◇◇◇

不可能任務では誰かが命を落とすだろう、と覚悟していた。

結局モニカが任務に最後まで付き合ったのは、脱走した時の寝覚めの悪さに他ならない。未熟なサラが挑むのに、自分が逃げるのは沽券《こけん》に関わる。自分がいなくなったことで、一か月寝食を共にした人間が命を落とすというのは、さすがに最悪の気分だ。

強いモチベーションはなかった。

自分がいなくなったら『灯』はヤバい――そんな状況では逃げるに逃げられない。

奪還すべき生物兵器『奈落人形《ならくにんぎょう》』など、どうでもよかった。

ただ身の回りの人間に死なれるのは不愉快だ、という動機でモニカは行動した。

◇◇◇

全員で戻る――しかし、それは限りなく難易度が高い目標だった。
ガルガド帝国の研究所で敵と対面した時、思い知らされた。

──『炬光《きょこう》』あるいは『蒼蝿《あおばえ》』のギード。

クラウスをも上回る、格闘の達人。『焰』最強の戦闘屋。

薬品会社の研究所で待ち構えていた彼は少女たちを蹂躙《じゅうりん》した。

本気など一切出していなかった。余裕の表情で刀を軽々振るう。それだけで銃弾は弾《はじ》かれ、仲間は峰で打たれ次々と昏倒《こんとう》していった。

──感じたのは『煽惑』のハイジや『燎火《かがりび》』のクラウスさえも超える、圧倒的な格。

ジビアと組んで挑んでも、勝負にもならなかった。

技術や策といった小細工でどうこうなる範囲ではない。生き物としての根幹から違いすぎる。どう足掻《あが》こうと倒せるビジョンが湧かなかった。

終わった、と思った。

『八人目の少女』という奇策を用意していたが、通じるとは到底思えなかった。彼の意識を引き付けなければ、実現できるはずはない。

ゆえに倒れ伏しながらモニカは愕然《がくぜん》とする。

「そろそろ本気の本気の本気。共和国の眠れる麒麟児《きりんじ》、リリィちゃんの覚醒ですよ」

限りなく強大な敵を前にしても一歩も引かなかった、少女を。

才能があるとは思えない。実力もない。直接モニカと闘えば、何十回やろうと相手にさえならない。あるのは特異体質とあまりに図太い精神だけ。

「コードネーム『花園《はなぞの》』──咲き狂う時間です」

しかし鮮烈に心に焼き付けられる。

『花園』のリリィが見せる、華やぐような命の輝きを──。

◇◇◇

任務後、少女たちはクラウスより一足先に帰国した。

事前に手配していたトラックの荷台に乗り込み、積み荷に紛れて祖国へ戻った。道中は追っ手が来る可能性から誰も言葉を発しなかった。国境付近では全員が息を止めた。

国境を越えたところで、ようやく任務の成功を自覚した。

八人全員生存。目的の生物兵器『奈落人形』の奪還は成功。

完璧といっていい成果だった。

狭い荷台の中で少女たちは歓声を挙げた。頬を緩め、互いの手を合わせ、肩を小突き合い、最後に強いガッツポーズをしてみせる。

「ディン共和国が生んだ天下無双の美少女スパイ・リリィちゃんです！　いぇぃ！」

一際騒がしいのはやはりリリィだった。ジビアと拳をぶつけ、グレーテと手を叩《たた》き、エルナのほっぺたを揉《も》み、サラの帽子を揺すり、そしてモニカの方へやってくる。

「モニカちゃんもお疲れ様でした！　ジビアちゃんと一緒に何度もギードさんとぶつかっていて、さすがです！」

褒められても嬉《うれ》しくはなかった。

エンディ研究所での功労者は、紛れもなくリリィ。次点でエルナだった。

「キミこそよくやったね」

「ん？」

「恐《こわ》くなかったの？　あんな奴《やつ》に堂々と虚勢張って。敵からしてみれば、ボクたち一人くらい殺しても全く困らなかったんだ」

実際、リリィが立ち上がらなければ、ギードは順番に少女を殺していっただろう。

リリィはキョトンとした顔をした後、表情をでれっと崩した。

「全く恐くなかったと言えば嘘《うそ》になりますが、割と落ち着いていましたよ」

「……なんで？」

「だってクラウス先生が認めてくれたんですもん。『お前たちは無限の可能性を秘めている』って。ちょっとは自分を信頼してもいいかなぁって」

あっけらかんと笑うリリィ。

モニカは微かに唇を噛《か》んだ。

「養成学校の落ちこぼれ、でも？」

「はい、もちろん。このリリィちゃんはスパイとして活躍するべき存在なのですよ」

まるで理解できない響きだった。自分より大きく実力が劣るくせに、なぜこんなことを恥ずかしげもなく言えるのか。

そう考えていると、リリィが突如モニカに抱き着いてきた。

「そう！　ということは、モニカちゃんだって『極上の天才』だってことですよ！」

「…………っ」

任務成功直後のせいか、彼女のコミュニケーションは過剰だった。

ふんわりと広がった髪がモニカの鼻先を撫《な》でる。柔らかな身体付きとその体温が服を通して、伝わってくる。

「……離れて」モニカはリリィの身体《からだ》を強く押した。

「ん？」

「邪魔。少し寝る。風邪かも」

唖然《あぜん》とした顔でリリィが呟く「さ、さすがモニカちゃん。クールですね」という声を聞きながら、モニカは荷台の隅に移動し、荷物の隙間に腰を下ろした。

スパイ用の服に取り付けられたフードを被《かぶ》り、口元を手で押さえる。

――身体に異常が発生していた。

口内が渇いていた。動悸《どうき》が激しくなっていた。体温が上昇している。身体が熱くなり、汗が止まらない。目を閉じる。先ほどのリリィの声が再生される。耳を押さえても響き続ける。唇を噛む。痛みを与えても、感覚はなお消えてくれない。指先が震えていた。

（なんだ、これ……？）

戸惑うしかなかった。

（……………気持ち悪い）

自身に変化が生まれている。抗《あらが》いようもなく自己がかき乱されている。

両親にかけられた言葉が呪いのように蘇《よみがえ》る。かつて毛嫌いし捨てたはずの思想の数々が、自己を喰《く》らい尽くしていく。

本能で悟った。

——この感情はいずれ自身を滅ぼす。

隠さねばならないと思った。

誰にも明かさずに徹底的に秘める。この世界の誰一人とも分かち合えなくても、堪《こら》えなくてはならない。

自分は誰とも想いを共有できないまま死ぬ。

その絶望にも似た覚悟を少女は静かに受け入れ始めていた。

3章　緋蛟《あかみずち》②

クイーン・クレット駅では群衆がひしめき合っていた。

半世紀前に建てられた煉瓦《れんが》造りの建築物は、人の声がよく響く。旅行カバンを抱えた人が切符売り場で行列を作り、満席だと知らされた人々が罵声を放っている。長時間待たされたストレスのせいか、一度泣き出した子どもの声が止まることはない。駅から伸びる無数の鉄道線路には中々次の汽車が来ず、ホームは人で溢《あふ》れている。

駅前では、活動家が声を張り上げ、警察や政治家を糾弾している。ダリン皇太子を守れなかった体《てい》たらくを罵倒する声。それを聞く多くの人間が拍手と賞賛を送っている。無許可での演説だったらしく、途中警察が駆け付け、市民との間で争いになっていた。

地面には無数のビラが散乱している。

クラウスはそのいくつかを拾って確認した。

『警察に代わる新たな治安維持を！』『外人の入国規制！』『スパイの通報奨励！』『王族暗殺は、左翼の陰謀！』

思想は様々だが、憤怒を感じさせるビラが至るところで配られているらしい。駅の壁や電信柱に貼られているものもある。

——ダリン皇太子暗殺が報じられた十日後の光景だ。

クラウスの隣でアメリが静かに息をついた。

「想像もできませんでしたわ。ここまで国が混乱に陥るなんて」

「全くだな」

皇太子暗殺の報道は全世界に広まった。

国民は悲しみの声と共に受け入れたが、時間が経《た》つにつれ、いまだ逮捕されない暗殺者や捕まえられない政府に怒りの声を上げ始めた。

ダリン皇太子は、ライボルト女王同様全国民から敬愛されていた。

一度声が上がると混乱は一気に広まった。

警察や政府に対する抗議デモが行われ、一時期治安が大きく荒れた。在住外国人のスパイ容疑に関する通報がＣＩＭに殺到しているという。きな臭いヒューロに一部市民は田舎に逃れようと駅に殺到した。

親とはぐれたのか、女の子が一人で泣いていた。ピンクの熊のぬいぐるみを抱え、人波に揉まれながら「おかーさん、どこ?」と訴えている。まだ八歳程度の子どもだ。何度か大人が抱えるカバンにぶつかりそうになっている。

「……泣く子どもさえ誰も目に留めないか」

さすがに放っておけず、彼女を駅前の交番まで誘導する。

警官に送り届けた後、バツが悪そうにアメリが言い訳をした。

「仕方がありませんわ。それほどまでにダリン殿下は、偉大な方でした。大衆が義憤に駆られ、冷静な判断がつかなくなるのも仕方のないことです」

彼女は「こんな記事も出ましたしね」と駅で購入したらしい新聞を差し出してくる。

国内では四番手の新聞社の朝刊だった。

そこには強烈な文字で見出しが掲載されていた。

「――『ダリン皇太子を暗殺した者は、ディン共和国の諜報員《ちょうほう》か』。呆《あき》れ声が漏れるな。

こんな記事、戦争の火種になりかねないぞ？」

事前に情報を聞いていたが、実際に見ると愕然《がくぜん》とする。

現在各マスコミが『暗殺者は何者なのか』を頻《しき》りに報じている。混乱を無闇に広めている元凶だが、それほど国民の関心が高い証左でもある。

アメリは首を横に振った。

「もちろん直ちに規制されるでしょうね。我々だってディン共和国との戦争など望んでいませんわ」

先の大戦を繰り返してはならない、という戒めは、全世界の共通ルールだ。

それより、と前置きをしてアメリは声をひそめる。

「『暗殺者はディン共和国のスパイ』――それを知るのはＣＩＭの諜報員のみですわ」

「……誤った情報だがな」

「なんにせよＣＩＭの内部情報が流出したことになりますわ」

クラウスは頷《うなず》いた。

事実無根の情報が先んじて流された。ただの誤報とは思えない。

「――親帝国派。ガルガド帝国のスパイに与《くみ》する者が関わっている」

「えぇ、混乱の広がり方が早すぎる。陰で操っている者がいるかもしれません」

アメリの分析にクラウスは同意する。

それらの事実を改めて再確認すると、二人はタクシーに乗り、拠点のマンションまで戻っていった。

ここ数日、二人は連れ立って行動していた。クラウスにとって、土地勘もあり、ＣＩＭの権力を扱えるアメリは利用価値がある。

両者の目的は一致している。フェンド連邦を侵略する『蛇《へび》』の情報を摑《つか》むこと。

一時的に連携はできていた。

——感覚的に答えを弾《はじ》き出せるディン共和国最強の『燎火《かがりび》』のクラウス。

——フェンド連邦に君臨する鉄壁の防諜《ぼうちょう》部隊の長《おさ》『操り師《あやつし》』のアメリ。

その二人が協力すれば、大抵の事件は解決できるはずだったが——。


マンションに戻ると、ラジオが点滅していることに気が付いた。

正確には、ラジオに擬態した無線機だ。ＣＩＭ製の特殊なスパイ道具。チューニングの摘まみを捻《ひね》り、暗証番号を入力することで録音が再生される。

メッセージは五つ録音されている。

まずはリリィの声が再生される。

《先生、今朝がたコエン通りの葬儀店で放火事件が発生したそうです。なんでも店主は、ディン共和国の出身の方のようで、原因は差別感情かと——》

二つ目はジビアの声が再生された。

《ボス、『ドーミン・ファミリー』が他マフィアとの連携を進めているらしい。建前は国家に代わる治安維持を語っているが、近隣市民は怯《おび》えている》

続けて全ての音声を確認していくが、内容はどれも変わらない。ヒューロ市内で起きている、いくつもの暴動や事件。

アメリが息をついた。

「ここまで狂騒が続きますと……」

「あぁ、一体どの事件に『蛇』が関わっているのかも掴めない」

そう——捜査は難航していた。クラウスとアメリをもってしても、モニカの行方や『蛇』の尻尾を掴むことができない。

普段では絶対に起きないような、不審死や奇怪な事件がいくつも発生している。目まぐるしく変わる状況把握に精一杯で、捜査が進展しない。

ヒューロの街は魔境と化していた。

◇◇◇

初日はすぐにモニカの行方が突き止められると楽観していた。

メンバーのモチベーションは高かった。休憩を取ったリリィ、ジビア、エルナはすぐにでも街に繰り出す準備を整えていた。

最も張り切っていたのは――病院を抜け出してきたティアだった。

「先生っ！」

彼女は突如部屋に飛び込んできた。右腕には包帯が何重にも巻かれている。

縫合手術を終えると、すぐに駆け付けてきたらしい。

「お願い。捜査員を私に預けて！　モニカの首根っこを摑《つか》まえてでも――」

「ティア、一旦落ち着け。怪我《けが》はいいのか？」

「落ち着いてられないわよ！」

彼女はヒステリック気味に声を張り上げ、ソファに腰を下ろした。髪を乱しながら首を横に振っている。その額からは汗が流れている。

「あり得ない……どうして、あの子がアネットにあんな仕打ちを――」

かなりのショックを受けたようだ。エルナが労《いた》わるようにティアの背中を撫《な》でる。

クラウスは彼女に一度、深呼吸をするよう指示した。

「アネットの容態はどうだ？」

「……手術は成功したわ。傷は塞がって今は眠っている」

「そうか」クラウスは頷く。

「でも、かなりの重傷よ。一、二か月はまともに動けないって医者が言っていたわ」

むしろ、その程度で済んでよかったと安堵《あんど》するべきだろう。

汗が引いたところで改めてティアが口にした。

「先生、お願い。私に――」

「――極上だ。いいだろう、お前に捜査員を預ける。ただし無理はするな」

今はとにかく手が足りない。メンバーとの意思疎通能力が高く、的確な指揮ができるティアがいてくれるのは有難《ありがた》い。

クラウスは指を三本立てた。

「三つに分かれよう。第一捜査班――僕とエルナが『蛇』の情報を集める。第二捜査班――ティアは、ジビア、リリィを指揮してモニカの行方を追え。そして――」

ここにはいない少女――『草原《そうげん》』のサラの姿を思い浮かべる。

無線で連絡を取り合っただけだが、彼女はメンタルを崩しているようだった。精神的に摩耗する出来事が続いているせいだろう。

今は捜査に駆り出すには早いか。

「サラは引き続き、ランと共に『ベリアス』の人質の監視をしてもらう」

これもまた気は抜けない仕事には違いない。人質が逃げ、紛れ込んでいる親帝国派の人間と通じたら、面倒な事態になる。もっとも彼女の愛犬であるジョニーは、捜査に有用なので借りるだろうが。

少女たちは唇を引き締め「了解」と告げ、早速ヒューロの街へ繰り出していく。

その気迫から必ずやモニカの行方を掴んでくれると期待していたが――。

◇◇◇

ソファに腰を下ろし、帰宅途中で買ったサンドウィッチで早めの昼食を摂《と》る。ここ最近は料理をする暇もなかった。

「案外大したことないのですわね」

アメリが両手でサンドウィッチを掴み、どこか優雅さを感じさせる所作でゆっくりと食事を済ませていく。

「さすがの『燎火』もこの混沌《こんとん》では無力ですか。『なんとなく』で全てを見通すものだと思っていましたわ」

「全知全能の神ではないさ」

煽《あお》ってくる言葉を淡々と受け流す。

クラウスの直観は超能力ではなく、これまでの経験から類推しているに過ぎない。

全てを把握できていたら、みすみす『鳳《おおとり》』を壊滅させてはいない。

ここ十年で最も混沌としたヒューロでは、さすがの勘も通じなかった。

クラウスはアメリを睨《にら》んだ。

「第一、お前も偉そうにできる立場ではないだろう。僕たちに完敗した分際で」

「……っ」

アメリの表情が苛立《いらだ》たし気に引き攣《つ》る。一時期は落ち込んでいた彼女であったが、今では元気を取り戻していた。

「言ってくれますわね。たまたま、我々に勝った程度で」

「本来の実力ではない、と？」

「ええ、我々が負けた原因は『ハイド』の誤情報ですわ。そのせいで間違った動きを繰り返し、その隙を突かれた。そうでなければアナタたちなど――」

流暢《りゅうちょう》に流れた言葉が途中で静止した。

喋《しゃべ》りすぎていることに気が付いたようだ。

「……もう『ハイド』を見限ったらどうだ？」

クラウスが口にした。

「裏切り者が紛れ込んでいるのは明らかだ。構成員を教えろ。僕が一掃してやる」

「……諜報員《ちょうほう》のプライドにかけて、最高機関の情報は売れませんわ」

「だが今僕と協力をしているのは『ハイド』を信頼できないからだろう？」

「それでも守らねばならない一線はあります」

譲れない覚悟を示すように、自身の首元に爪を立てるアメリ。

もしどうしても聞きたいなら、部下ともども殺せ、という意味だろう。

これ以上の交渉は無駄のようだ。『ベリアス』は一流の防諜部隊だ。国家機密を漏らすくらいなら自殺する覚悟はあるはずだ。

静かに首を横に振り、ただ忠告の言葉をかける。

「一度全てを疑い直せ。『ハイド』も、そして、ダリン皇太子も」

「…………」

アメリは一度唇を噛《か》んで沈黙する。

が、すぐに表情を和らげ、乾いた笑みを見せた。

「今のアナタに言われたくはありませんわね」

「ん？」

「みすみす部下から裏切り者を出した、アナタに」

「…………」

今度はクラウスが沈黙する番だった。身内から裏切り者を出したなど、スパイにしてみれば失態に他ならない。

動揺を悟られないよう、口内で舌を噛む。

(……ここ最近、アイツらの指導は『鳳』に任せてしまったからな)

言い訳にしかならないが、悔やまれる。

『灯《ともしび》』の少女たちは、龍沖《ロンチョン》という極東の国で『鳳』相手に完敗した。己の指導力不足を痛感したクラウスは『鳳』を陽炎《かげろう》パレスに招き、合同訓練を行う環境を作りだした。

クラウス自身は『鳳』を鍛え上げ、『鳳』が少女たちを鍛えた。

その選択自体が過《あやま》ちだったとは思わない。だが、結果的にクラウスが少女たちと接する時間は減ったように感じられる。

その直後に出てきてしまった、『灯』の背反者。

(――教師として、あまりに不甲斐《ふがい》ない)

拳を握りこみながら、後悔を堪《こら》える。

もっと彼女と深く接していれば避けられたか。

(いや、特にモニカに関して言えば――)

彼女との交流が頭をよぎった時、名前を呼ばれた。

「せんせい」

声が来た方向に視線を向けると、エルナが立っていた。現在彼女にはサラたちへの補助や情報整理などの雑務を担《にな》わせている。

「ティアお姉ちゃんから報告なの。市街地西の雑居ビルで、モニカお姉ちゃんの目撃情報があったの」

「そうか。よくやった、と伝えてくれ」

ようやく一つだけ手がかりを得たらしい。

ティアの功績に感謝する。並々ならぬ熱意が実を結んだらしい。

すぐさま現場に向かうことにした。

◇◇◇

モニカは、『灯』でクラウスと最も交流が少ない少女だった。

手のかからない存在、と言い換えてもいい。

『灯』結成以降、クラウスが彼女に頼る機会は多かった。スパイとしての実力はモニカが突出していたし、メンタル面も安定していた。

大抵クラウスは別の部下の尻拭いに追われている。リリィのドジや、ジビアのミス、エルナの不幸、アネットの奇行、あるいはメンタルを崩しやすいティアやサラのケア。クラウスの負担にはなるまいと頑張ってくれるグレーテも時折、甘えたがる素振りを見せる。

差別をしたつもりはないが、モニカとの時間は少なかった。世の多くの教師が思い悩むように、優等生ほど教師は時間をかけなくなる。

常に申し訳なさは抱いていた。

「モニカ」

クラウスの方から、彼女の内面に踏み込んだのは一度だけだ。

ムザイア合衆国の任務が終わった直後の休暇だ。昼下がりに廊下を歩く彼女に声をかけた。周囲に人の姿はなかった。

ちょうどいいと捉えた。

「なに、クラウスさん。なんか用？」

不思議そうに立ち止まった彼女に、クラウスは手にしていた瓶詰を見せた。

「良い茶葉が手に入ったんだ。たまには、どうだ？」

「どうだって？」

「これまでお前と腹を割って話したことはなかったからな。たまには、ゆっくりお茶でも飲みながら雑談でもしないか？」

一瞬、彼女は意外そうに目を丸くした。唖然《あぜん》としたように固まる。

が、すぐに普段のクールな顔つきに戻った。

「素敵なデートのお誘いだけど、別にいいや。眠いから」

軽やかに手を振って、彼女は自室に向かう。

「モニカ」

クラウスはその背に呼びかけた。

「お前が抱えている問題は把握しているよ——その秘めた恋情を」

咄嗟《とっさ》に振り返ったモニカの顔には、大きな焦《あせ》りが窺《うかが》えた。一瞬にして顔が白くなり、表情が強張《こわば》っている。

脅かすつもりはなかった。

できるだけ穏やかな声音に努める。

「安心しろ。気づいているのは僕だけだ。お前は巧妙に隠している」

他の少女はおそらく気づいていない。

些細《ささい》な変化だ。モニカは特定の少女を見る時、その瞳の奥に微《かす》かな揺らぎを見せる。強気な態度で接しながらも、その言動の裏に不器用な心の機微が含まれている。

クラウスは首を横に振った。

「これ以上は踏み込まない。だが、もし不安があれば聞いてやれる。その感情はスパイにとって弱点たり得る」

恋や性欲ほど人間を狂わせるものはない。

普段完璧に理性的な行動を尽くしている男でも、好みの女性の前では警戒心を解いてしまうものだ。男女問わず多くのスパイがハニートラップにより嵌《は》められてきた。

だから気にかけてはいる。

「モニカ。たまには僕と視線を合わせてくれないか？」

彼女はずっと自身を避けている。

まるで心の内を暴かれることを怯《おび》えるように。

彼女の返答には時間がかかった。こちらを推し量るような、無遠慮な視線を飛ばしてくる。唇が微かに震えていた。

やがて小さく息を吐いた。

「断るよ。ごめんね、クラウスさんにも話す気にはなれない」

どこか哀《かな》しげに口の端を曲げ、背を向けてくる。

「ボクはね、この秘密を誰にも明かさずに生きて、そして、そのまま死ぬんだよ」

強い覚悟が滲《にじ》んだ声音だった。

問いが詰まる。

——本人にも一生、告げないのか？

尋ねたかったが、戻ってくる答えは明白だった。この恋心は秘めたままで終える。確認さえ無粋に感じられるほど、モニカの態度は拒絶を示していた。

彼女は小さく「気にかけてくれて、ありがと」と呟《つぶや》き、クラウスから離れていった。

◇◇◇

ティアが発見してくれたビルには、確かにモニカの痕跡が残されていた。

クラウスはエルナを連れて、現場を探った。

ヒューロ中心部にある、メインストリートから一本奥に入った路地にあるビルだ。飲食店や法律事務所が入居している。

モニカの痕跡があったのは、その三階の空フロアだった。ティアいわく、そこを出入りする蒼銀髪《あおぎんぱつ》の少女の目撃情報があったという。ティア自身は今、周辺を捜索している。

フロアは本来、なにかの事務所として使われていたようだ。木の床には机が置かれた跡が残っている。

その隅に食料品のゴミが置かれていた。

容器の量から最低五日以上はここにいたんだろうと推測する。工房からここまで二キロ弱。しばらくここで身を休ませていたようだ。

「外れだな。もうモニカはここにはいない」

クラウスは結論を出した。

すると、フロアをぐるぐると回っていたエルナが「せんせい」と声をあげた。

近づいてみると、フロアの隅の床に、人の皮膚のようなものが落ちていた。顔を覆うマスクのように目と鼻の位置に穴が開いている。

「この素材……」エルナが掠《かす》れた声で口にする。

「グレーテが使う変装用のマスクだな」

その近くには、人を拘束できるような鎖が置かれている。血痕も付着していた。

――グレーテの安否が心配だった。

誘拐されて十日以上。まともな治療は受けられているのか。

こんな場所で監禁されていたら衰弱しているに違いない。そう思うと、身体《からだ》の内から黒々とした感情が溢《あふ》れ出す。微かに理性を侵していく。

が、あまり悪い想像をしても仕方がない。冷静な思考に切り替える。

（だが妙だな……ここまで証拠を残すなんてモニカらしくない……）

残っていたマスクにしても、そうだ。まるでクラウスたちに気づいてもらうために置いてあるように見える。

（……やはり何かを企《たくら》んでいるか）

モニカの次の手はなにか。

カッシャード人形工房を襲っただけではない。グレーテを攫《さら》い、アネットやティアを襲撃し、いずれ次の一手が打たれるだろう。

現状クラウスにできることは、その予兆を察知し、待ち構えるしかない。

「これまでモニカと向き合ってこなかったツケが回ってきたな」

改めて覚悟を決める。

そして翌日、事件と捜査は思わぬ形で進展することになる。

◇◇◇

捜査十一日目、再びフェンド連邦を揺るがすような事件が起こった。

——二度目の暗殺事件。

殺されたのはミア＝ゴドルフィン。ケヴィン国立研究所に勤める三十四歳の女性科学者だ。専攻は理論物理学。国が推し進めている航空分野の開発局長という。

彼女は普段通り研究所から出た直後、消息を絶った。自家用車は研究所の駐車場に置き去りにされていた。深夜になっても家に戻らず、同居していた夫が警察に相談した。

ミア＝ゴドルフィンの遺体は、ヒューロの街を流れる川で見つかった。

側頭部を拳銃で撃ち抜かれていたという。

その速報は早朝からテレビで繰り返し報じられた。

拠点のテレビで新情報がないか確認しながら、クラウスは息をついた。

「この件に関してＣＩＭの上層部はなんと言っている？」

アメリは残念そうに首を横に振る。時折ＣＩＭ本部に彼女を向かわせ、クラウスたちの件を誤魔化すよう指示している。

「『ハイド』の態度は一貫していますわ――この件も『鳳』のランが実行したのだろう。至急ランを拘束しろ、と。それ以上はありません」

「無能だらけだな。徒《いたずら》に死者を増やすだけだ」

「……ワタクシの口からは何も言えませんわ」

悔しそうにアメリが呟くが、これ以上彼らを糾弾しても詮がない。

「このミア＝ゴドルフィンというのは、どんな女性なんだ？」

「政府お抱えの科学者ですわね。ウェンストン大学の准教授で三年前、政府の国立研究所に引き抜かれた方ですわ」

「資料を今一度洗い直そう。ダリン皇太子との繋《つな》がりがあるかもしれない。二人の間に共通点があれば、『蛇』の目的が分かるはずだ」

「言われるまでもなく」

部屋には関係者を洗い出した大量のファイルが並べられている。アメリを脅迫すれば、国家機密に反しない範囲ならば、ＣＩＭが所有する情報を入手できた。

クラウスたちはそれらを速読していく。

作業に取り掛かっていると、買い物に行かせたエルナが拠点に駆け込んできた。彼女には駅前で日刊新聞全紙を買ってくるよう命じていた。

エルナが焦っているような声をあげた。

「……せんせい！」

「どうした？」

「お、おかしな報道をしている新聞社があるの」

時間が惜しく、資料から顔を上げないまま尋ねる。

「ここ数日、紙面はどれも奇妙なニュースだらけだがな。なんて書いてある？」

「そんなレベルじゃないの！」

エルナが驚きに満ちた声を上げる。

「――ダリン皇太子とミア局長を暗殺した人間の写真が載っているの！」

クラウスとアメリが同時に手を止めた。目を合わせる。

判断を下すのも同時だった。

「あり得ないな」「あり得ませんわ」

否定するのも面倒になる程のデマだった。

特にアメリにとっては憤慨する事実だったらしい。

「論外中の論外ですわ。ダリン殿下を暗殺した者の写真などＣＩＭさえ入手しておりません。たかが市井《しせい》の新聞社ごときが入手できてたまるものですか」

苛立《いらだ》たし気に眉間を抓《つね》り、エルナから新聞を受け取った。

「こんな悪質な報道、直ちに規制せねば――」

言葉は途中で止まった。

彼女の唇が微《かす》かに震える。

「燎火」

アメリが新聞を差し出してきた。

「もしかしたら、とんでもない事態となっていくかもしれません」

不安そうなエルナの表情を受け止め、クラウスは新聞を読んだ。

社名は『コンメリッド・タイムズ』。かなり大手だと記憶している。

一面をほぼ全て覆う大きさで二枚の写真が掲載されている。まるで指名手配書だ。画質はかなり悪い。夜に撮影しているせいか、画面全体が暗い。

だが、画面中央には人物らしき存在が写っていた。

──【特報。皇太子殿下を暗殺した、今世紀最悪の賊徒】

読者を煽《あお》る、苛烈な文字と共に、『皇太子殿下暗殺現場』と『ミア＝ゴドルフィン局長暗殺現場』というタイトルが記された写真が並ぶ。

一枚は、現場から逃げる暗殺者らしき人物の姿。

もう一枚は、より決定的にミア局長らしき女性の遺体を引きずる暗殺者の姿。粗い写真越しからも、ミア局長の顔と、暗殺者の瞳に宿る憎悪《ぞうお》が感じ取れる。

クラウスは息を呑《の》んだ。

「せんせい」エルナが漏らした。「モニカお姉ちゃんの写真なの」

その通りだった。

世紀の暗殺者として報じられる写真──そこには紛れもなくモニカの姿が写っていた。

4章　氷刃《ひょうじん》②

まずモニカが行ったのは、自身の異常を確かめることだった。

体温の上昇、心拍数の増加。それらの変化の意味を。

『灯《ともしび》』が二番目に挑んだ不可能任務──暗殺者『屍《しかばね》』摘発任務の最中、『灯』は二チームに分けられた。リリィと一月《ひとつき》以上別れ、冷静に自身を見つめ直すことができた。

身体の異常を自覚して以来、片っ端から恋愛小説を読み進めた。内容の多くは男女間の恋愛であったが、いくつか身体の変化を示す描写も見つかった。

後は自分で試せばいい。

リリィが陽炎《かげろう》パレスから去った後、モニカは彼女の部屋に向かった。薬品の瓶が並べられ、ハーブの香りが漂う空間だった。

(……なんか変態じみてんな)

自己嫌悪《じこけんお》がない訳ではないが、実行せざるをえなかった。

部屋の隅に置かれた家具に視線を移す。

（リリィが普段寝ているベッドか）

小さく息を吐き、ベッドに横たわる。普段持ち主がそうしているように枕に頭を乗せ、静かに目を閉じる。

身体の状態を確認する。

やはり心臓の動悸《どうき》が激しくなる。顔が火照《ほて》る。気恥ずかしさが絶えない。

もたらされた変化は如実《にょじつ》だった。

体温上昇、発汗、血流増加、熱に浮かされたような変化を恋と呼ぶのならば、なるほど、自分はやはり恋愛感情を抱えているらしい。

その事実を認めない程、幼くはなかった。


――自身はリリィに恋をしている。


強い戸惑いがあるが納得する他なかった。

自身は誰とも恋愛せずに生涯を終えると考えていたが、まさか女性を好きになるとは。

しかも相手はドジで能天気な少女。ここまで自分の趣味が悪いなんて。

その時、廊下から足音が聞こえてきた。

用意していた手帳を手に取り、書き物をしている様を装《よそお》う。

部屋の扉が開かれ、しかめっ面《つら》のティアが顔を出した。

これから自分たちは『屍』任務に参加するために、クラウスが出した課題を達成しなくてはならない。その作戦会議をモニカがサボったため、憤慨しているようだ。

「んー、ボクになんの用？」

声をかけると、ティアが不満げに睨《にら》みつけてくる。

「アナタこそリリィの部屋で何しているのよ」

「調べ事」

そう誤魔化した。少なくとも嘘《うそ》ではなかった。

◇◇◇

恋心を自覚して、モニカが思ったことは一つ。

（……面倒だな。おそらく一過性の症状だと思うけど、いつ消えるんだろ）

恋心は徹底的に隠すことにした。

理由はいくらでも挙げられた。

まず同性愛者に向けられる世間の厳しい視線。今の時代、同性愛は犯罪であり精神疾患なのだ。同居する仲間から忌避感を抱かれないとも分からない。

更なる理由は、スパイとして弱点たり得てしまうこと。もし敵スパイに露呈すれば脅迫を受けることもあるだろう。かつて父のアトリエにいた男のように。

三つ目は――これが大部分を占める気がするが――成就《じょうじゅ》する見込みがないこと。

モニカの恋愛が成し遂げられるには、リリィもまた同性愛者でなければならない。だが彼女の振る舞いを見る限り、その様子はなかった。

（この異常が消えるまで、誰にも秘密にしないとな……）

そう決意しながら、スパイとしての日々を過ごした。

リリィと再会するまでの期間、彼女は心の整理を続けた。

――途中、ティアに恋心の一部を暴かれた。

アネットの母親を巡る対応を迫られた時だ。終始、モニカとティアの意見は合わず、ぶつかり合った。心を読んできたティアに説得される形で、モニカは手を貸すことになるが、秘密を守り抜く難しさを痛感した。

――アネットの残虐性に気が付いた。

天真爛漫《てんしんらんまん》を装い、他の少女たちを利用して母親を暗殺する邪悪。モニカだけは気づいた。自身の秘密を守ることがどういうことかを学んだ。

これらの経験もあり、モニカは恋心を伏せることができた。

リリィに対する接し方は何一つ変わらない。ミスをすれば厳しく叱責し、変な絡《から》み方をされれば暴力で応じる。一定の距離を保ち続けた。

スパイとして習得した、動揺を顔に出さない技術。

それを行使すれば、クラウスを除けば誰にもバレずに済んだ。

――ほんの一人の例外を除いて。

◇◇◇

グレーテは常にモニカの感情を乱してきた。

『灯』の中で、誰よりもひたむきに恋心と向き合う少女。クラウスに想《おも》いを寄せ、彼のために任務で奮闘する。恋愛感情を隠すことなく、本人にぶつけ続ける。

あまりに眩《まぶ》しくて、モニカの心には鬱屈した感情が溜《た》まっていった。

ただの日常会話ならば完全に心を隠し通せる。しかし、ふと感情が揺れる時が重なると、思わぬ本音を露《あらわ》にしてしまう。

例えば、二人での買い物途中。

『屍』任務も終わり、次なるムザイア合衆国の任務までの準備期間。食事当番だったモニカは、グレーテと出かける時があった。

そんな時、ふと彼女から話題を出された。

「……そういえば『屍』任務中、リリィさんがおっしゃっていましたよ」

「んー？」

「いわく『モニカちゃんによくマッサージを命じられる』と。わたくしもしてもらいましたが、とても巧みな技術でしたね。いつモニカさんは気づいたんですか？」

政治家の邸宅に潜入している最中、グレーテは疲労困憊《ひろうこんぱい》の状態に陥った。寝不足で頭も回らない。そこで救われたのが、リリィのマッサージだったという。

突然リリィの名前を出され、モニカは「さぁ」と誤魔化した。

彼女にマッサージを命じていたのは、恋心を確かめるための一環だった。

それを指摘され、動揺してしまう。直ちに話題を変えたかった。

「ねぇ、グレーテ。ボクからも質問いい？」

ふと口から漏れ出ていた。

「恋愛に一途《いちず》になれるってどんな気分？」

「え……」

唖然《あぜん》としたようにグレーテが口を開ける。

モニカ自身もまた戸惑っていた。スパイの話や天気のことなど、もっと関係のない話題を振るつもりだったのに。

一度驚いていたグレーテはすぐ口元を引き締め、普段通りの穏やかな顔つきに戻った。

「良いものですよ、とても……」

「……あぁ、そう」

「口惜《くちお》しいことがあるとすれば、この想いが成就する見込みがないことでしょうか……それでもボスと過ごす日々は、幸福なことだらけですよ……」

実際『屍』任務以降、彼女は充足した笑みを見せるようになった。おそらくクラウスから優しい言葉をかけられたのだろう。

その微《かす》かに緩んだ口元は、モニカの心を乱していた。

「あぁそう。別に質問に大した意味があった訳じゃないよ。ただね――」

モニカは唇を噛《か》んだ。

「前も言ったと思うけど、ボクは恋愛に一途な人間を見ると、嫉妬しちゃう体質なんだ」

グレーテの唇が微かに動く。

何か言いたいことがありげな雰囲気だった。

だが、それ以上の会話は交わす気にはなれない。逃げるように歩くスピードを上げ、グレーテから離れた。

◇◇◇

恋心を認めてから、日ごろの訓練に一層励むようになった。

一過性のものと思ったが、自覚した恋愛感情は中々消えなかった。

リリィはスパイを引退する気はないようだ。『灯』に所属し続け、命を危険に晒《さら》し続けるようだ。彼女には死んでほしくない。ならば自分を鍛えるしかない。

ムザイア合衆国での任務以降、サラを教育するようになったのも、『灯』全体の底上げが目的だった。彼女の伸びしろに期待してのことだった。

モニカ自身もまた、クラウスに挑むペースが増えた。

「何か心境に変化でもあったか？」

案の定、クラウスには察せられた。

陽炎パレスの庭で、任務帰りのクラウスを背後からゴム弾で奇襲した後だった。発砲と共に鉄球入りのゴムボールを用いた反射での襲撃も試みた。

クラウスは一切焦《あせ》ることなく、全ての攻撃を避けた。

失敗したモニカは彼の前に現れ「別に？」と笑ってみせる。

「大した変化じゃないよ。ただ自分のことを天才って認めていいんじゃないかって思えただけ。訓練も前向きになれるさ」

「そうか」

「責任取ってよ。クラウスさんがボクを『極上だ』と評価してくれたんだろう？」

モニカは小刀を取り出し、手の中で回した。

『煽惑《せんわく》』のハイジに自尊心を砕かれ、信じられなくなった自身の才能。だが、落ちこぼれでも努力を続けるリリィや他の仲間を見ているうちに、いじけるのも馬鹿馬鹿しくなった。

アイツらに比べれば、自分はずっとセンスがある。

――『モニカちゃんだって「極上の天才」だってことですよ！』

あの能天気な声は耳に強く残っている。

クラウスは僅かに目を細めた。

「——極上だ。好ましい変化だよ」

その瞳が再び開かれる前にモニカは最速の動作で彼の肩口めがけて小刀を突く。負傷させる気でなければ、彼を倒すことはできない。

小刀は止められた。

右手の人差し指と親指で挟むように、クラウスに白羽取りされる。

「だが、僕に勝つにはまだ遠いな」

彼はモニカから小刀を奪い去ると、丸腰になったモニカの足元に放り投げ、そのまま洋館の中へ入っていった。

◇◇◇

成長を望めば、何度も壁とぶつかることになる。

それはクラウスとの訓練だけではなく、『鳳《おおとり》』との交流時にも訪れる。

龍沖《ロンチョン》での任務以降、『鳳』は毎日のように陽炎パレスに訪れた。

いわゆる『鳳』との蜜月期間。

ただただ騒々しかった日々の裏側には、別の目的があった。クラウスが『鳳』に訓練をつける代わりに、『鳳』が『灯』に指導を与えていく。一見傍迷惑《はためいわく》だった『鳳』の行動は、その実、基礎力を欠く『灯』の少女たちに確かな技術を与えていた。

――クラウスが作り上げた、新しい教室。

教師が一方的に指導するだけではない。生徒同士が技術を教え合い、高め合う学び場。

モニカはその意図を見抜いていた。

『鳳』が全員集まった昼、陽炎パレスの屋根に立ち、庭にいる『鳳』メンバーを観察する。眺めるにつれ、各々《おのおの》の担当めいたものが見えてきた。『翔破《しょうは》』のビックスはジビアに格闘能力を、『羽琴《はこと》』のファルマはティアとグレーテに交渉能力を、『凱風《がいふう》』のクノーはリリィとエルナに潜伏技術を、『浮雲《うきぐも》』のランはアネットに拘束術を。

モニカは挑発的に頬を緩める。

「じゃあ、一体誰がボクの相手をしてくれるんだろうね？」

「――俺だ。蒼銀髪《あおぎんぱつ》の女」

返事は後ろから届いた。

目つきの鋭い、ブラウン髪の男が立っていた。壁の突起を蹴り上げ、屋根まで上ってきたらしい。全身がバネのような異様な跳躍力。

彼はこちらを見下すような冷たい表情で歩み寄ってくる。

――『飛禽《ひきん》』のヴィンド。

かつては養成学校全生徒の中でナンバー1の成績を収め、いまや『鳳』のボス。

「お前の相手は他に務まりそうにないからな」不遜な態度で彼が言う。

「なるほどね。妥当なところじゃない？」

ヴィンドは『鳳』の中でも別格の実力を持っている。クラウスが彼を一チームのボスとして指名する程だ。既に共和国内でもトップクラスの水準にいるようだ。

彼は冷ややかな視線のままで、モニカの前に立った。

「共和国に奉仕する同胞として、俺が手解《てほど》きをしてやる。光栄に思え」

「ん……？」

モニカは腕を組み、不思議そうに首を捻《ひね》った。

ヴィンドは構うことなく言葉を紡《つむ》ぐ。

「お前はかなりの潜在能力を秘めている。まだ十六歳だったか？　俺の言う通りにもう少し鍛え上げれば、それなりに――」

「おい待て。クソ悪人顔」

言葉を遮った。

ヴィンドの表情が固まる。虚を突かれたように。

「なんで上から目線？　ボクさ、お前の方が上って一ミリも認めてないけど？」

挑発的に告げるには理由がある。

龍沖でヴィンドとモニカが直接闘ったのは、最後の一瞬だけだ。エルナ、サラ、ジビア、モニカの四対一で襲いかかり拘束に成功した。

実力を直接測ったことはない。

――『鳳』のボス。クラウスを除けば同世代最強候補『飛禽』のヴィンド。

――『灯』のエース。数々の不可能任務の立役者『氷刃』のモニカ。

果たして、この二人はどちらが上なのか。それはまだ判明していない。

「早く頭を下げろよ。そうすれば、寛大なボクが指導してやってもいい」

モニカの挑発に、ヴィンドが不愉快そうに眉を顰《ひそ》めた。

「……くだらない」

そっと彼は二本のナイフを片手で握る。彼から殺気に似た威圧が放たれる。

余計な言葉は交わさなかった。

求められるのは、シンプルかつ明確な対決方法。ならば一つ。いかなる方法を用いてでも相手を屈服させ『降参』の二文字を引き出すこと。

「実力の差を分からせてやる。好きにかかってこい」

フィールドは陽炎パレス屋根。

午後二時十二分。晴天。微風。距離二メートル。

──闘いは唐突に始まった。

接近戦ではさすがに分が悪い、と判断する。

遠ざかりながら五枚程の鏡を投擲《とうてき》し、屋根に突き立てる。

ヴィンドは構わず突進してくるが、彼のナイフよりもモニカの攻撃の方がずっと速い。

牽制《けんせい》のためにゴムボールを投げ、ヴィンドの視線を僅かに逸《そ》らす。

「コードネーム『氷刃』──時間の限り、愛し抱け」

右手に隠し持っていたカメラでフラッシュを焚《た》いた。

鏡の反射を用いた、奇襲攻撃。文字通り光の速さの攻撃だった。

「──っ⁉」

視覚を失ったであろうヴィンドの横を抜けながら、モニカは鉄球仕込《じこ》みのゴムボールを投擲する。屋根に突き出た煙突部分に跳ね返り、ヴィンドの側頭部を打つ。

連撃をかけようとするが、手を止める。

ヴィンドは既に態勢を取り戻していた。感心したようにボールが命中した箇所を手でさすり、モニカに静かな視線を送っている。

「光——いや、盗撮か」

あまりダメージは与えられなかったらしい。衝撃を緩和する技術か。

「優れた特技だな。あらゆる角度から対象を視認できる、スパイ向きの能力だ」

「どうも」

「が、格闘向きではない。バレてしまえばどうってことない、ただの一発芸だ」

そう口にした後、ヴィンドは思いがけない行動をとった。

両目を閉じた。

武器を手にしているモニカの前で、自ら視界を塞ぐハンデを負う。

さすがに呻《うめ》いていた。

（っ！　それで闘えるとでも——っ！）

答えはすぐに表れた。

ヴィンドは強く踏み込み、次の瞬間にはモニカの前に接近していた。魔法と見まがうような高速移動。こちらが反応する間もない。

「──お前の温《ぬる》い技術は通じない」

圧倒的なキレで繰り出される突撃に、回避は間に合わなかった。


五度目の衝突の後、屋根から落下する。

幸い庭木とぶつかり、いくつも枝を折りながら落下することで、衝撃は最低限で済んだ。

それでも身体を強く打つ。起き上がろうとしても力が入らない。

たまたま庭にいたサラが「モニカ先輩っ⁉」と叫び、駆け寄ってくる。

かっこ悪いところ見られたな、と息をついた。

完敗だった。

ヴィンドが振るうナイフは峰と言えど強力だった。

直撃を受ければモニカの軽い身体など簡単に浮き上がり、屋上を無様に転がることになる。モニカの特技は完封され、一方的に攻められ続けた。

五度目で屋根から墜落した。リングアウトだ。降参だ、と呻く。

「なんだ、あの動き……？」

あまりに疾《はや》すぎる。

トップスピードの高さではない。異常なのは、加速と減速の切り替え速度。停止と猛ダッシュの連続。緩急鋭い身体の動きに、まるで付いていけなかった。

ヴィンドはモニカの前に降り立ち、静かに見下ろしてきた。

「『炮烙《ほうらく》』のゲルデから教わった技術だ。俺の師だ」

「それって『焔《ほむら》』……？」

彼は首肯して、ゲルデとの出会いを語ってくれた。

フェンド連邦の地で、鍛え上げられた肉体を晒《さら》す老女と出会ったこと。彼女の隠れ家である木造マンションに連れ込まれ、そこの地下室で数日間にわたって手解きを受けたこと。地獄のような時間だったが、技術の一部を継承できたこと。

隣でサラが目を丸くしている。

モニカが呟《つぶや》いた。

「……キミも『焔』の知り合いかよ」

ヴィンドは、その通りだ、と短く頷《うなず》いた。

「ゲルデは俺に命じた。クラウスを支える仲間になれ、と。だから俺はここにいる」

「……随分と肩入れしているんだね、その婆《ばあ》さんに」

「恩人だからな。それに根源は一致している。俺も、ゲルデも、そしてクラウスも向かうべき先は一つ」

ハッキリと告げられた。

「ガルガド帝国への――そして世界に対する復讐《ふくしゅう》だ」

滲み出る殺気にサラが息を呑《の》む。

ヴィンドはモニカに強い眼差《まなざ》しを向け、軽蔑が込められた声音で告げてきた。

「お前とは闘う次元が違う」

◇◇◇

敗北の多い人生だった。

才能に恵まれたモニカと言えど、挫折から逃れることはできなかった。

芸術の世界で負け続け、逃げるようにスパイの世界へ向かえど、ハイジ、クラウス、ギード、ヴィンドと高みの存在に屈し続けた。

常に勝ち誇っていられた訳ではない。悔しさに震える夜も何度もあった。

仲間には決して見せないが、強者に立ち向かう術《すべ》を模索し続けた。

（……抜本的に戦闘スタイルを見直す必要があるな。潜入や交渉なんてのは、他の奴《やつ》に任せればいい。ボクに求められるのは、絶対に戦闘で負けないことだ）

毎日欠かさず研鑽《けんさん》を続ける。

（どうすれば強者の世界に辿《たど》り着ける？）

養成学校時代のように心が折れなかったのは、リリィの存在が大きかった。彼女の前では天才だと胸を張りたかった。

いつの間にか、この感情が一過性のものだと思えなくなっていた。

――『灯』のスパイとして活躍し、彼女を守り続けること。

それこそが決して想《おも》いを明かさない、モニカにとっての恋愛だった。

◇◇◇

『鳳』の訃報は、ただただ虚《むな》しかった。

親しく接した者が亡《な》くなるのは、人生で初めての出来事だった。胸を衝《つ》くような喪失感に苛《さいな》まれ、己より強い者でさえ命を落とすスパイの現実に打ちのめされる。

(偉そうなこと言っていたくせに、呆気《あっけ》なく死にやがって……)

そんな生意気な感情を抱きつつ、フェンド連邦に発《た》った。

管理小屋でランと合流した時も、むせび泣く彼女の姿に己の未来を重ね合わせていた。

自身がもし仲間を亡《うしな》った時、どのような反応をするのだろうか、と。

ぼんやりと物思いに耽《ふけ》っていると、リリィが思わぬ行動を始めた。

メンバーたち全員の手と手を繋《つな》ぎ合わせると「笑顔!」と訳の分からぬことを叫び、真剣な声で口にした。

「約束です。誰も死なないでください。これ以上誰も死なず、全員で陽炎パレスへ戻るんですよ。それだけは誓ってください」

一見幼稚にも見えるが、大切な誓いだった。

(……こんな状況でもコイツは変わらないな)

自分では分からないが、もしかしたら頬が緩んでいたかもしれない。

どんなに追い詰められても明るく、未来を見据え続けるリリィのメンタリティ。

その強さにモニカは惹《ひ》かれていたのだから。

◇◇◇

以降はランと行動することが多かった。

現状ランは全身を大きく負傷して、本来の能力は発揮できない。だが『鳳』を襲った謎の集団を炙《あぶ》り出すには、彼女の協力は不可欠だった。

フェンド連邦中を行動する際、モニカは護衛としてランに連れ添った。

行きたいところがある、と言われ、人目に付かぬよう、夜にこっそりと大型の二輪バイクに二人乗りで移動した。

怪我《けが》はいいのか、と気にすると、後部座席のランは笑った。

「少しずつは治ってきたからな。全快には程遠いが、そろそろ多少のサポートくらいはできよう。ふふん。拙者が復帰する時は近い。『鳳』と『灯』の結束の象徴——不死鳥のように再臨せん」

ご機嫌に語っているラン。

どこか強がりに感じられ、深くは踏み込まなかった。

「で？　どこ行くの？」と尋ねると、ランは「クラウス殿に頼まれた、お使いでござる」

と口にする。

彼女が指名した行先は、ヒューロから南東に逸《そ》れた、イミランという田舎町だった。

「生前、ヴィンド兄さんが言っていたでござる。『ゲルデの遺産が見つかった』と」

「なにそれ」

「拙者にも分からん。なにせ、その報告の直前に襲撃されたからな」

ランが少し悲しげに口にした。

そもそも『鳳』の目的は、この地で消息を絶った『炮烙』のゲルデの捜査だった。

彼女はここで何を調べ、なぜ殺されたのか。

「ただヴィンド兄さんが訪れていた場所なら分かる。かつて訓練を授けられた、ゲルデ殿の隠れ家。兄さんは毎日のように通い詰め、手がかりを捜していたでござる」

他メンバーがゲルデの目撃情報や行動履歴を探る中、彼は何日もかけてマンションを特定すると、彼女の遺品を捜していたという。

ゲルデが隠れ家にしていたのは、四階建てのぼろい木造マンションだ。壁は木地が剝《む》き出しで、カビが生えている。一つの階に三部屋あるらしいが、あまり入居者はいないらしく、明かりが漏れているのは全体で二、三部屋程度だ。

借りている部屋はまだ引き払われていなかった。ゲルデは事前に数年分の家賃を大家に渡していたようだ。

三階の部屋に入っていくと、リビングも寝室も大量の酒瓶とタバコの吸い殻が散らばっていた。ヴィンドが隅々まで家捜しを行ったらしく、床や壁紙が壊されている。

「ヴィンド兄さんは何かを見つけたらしいが……もう持ち出してしまったのか？」

「クラウスさんはなんて言っているの？」

「――『ゲル婆は機密文書の類を隠すのが苦手だ。分かりやすい場所にあるはずだ』と」

「スパイとしてどうなんだよ、それ」

モニカとランはざっと室内を見回した。

「ないね」「ないでござるな」

それらしきものは見当たらなかった。

ゲルデの部屋以外も探索すべきか、と考えたが、特に準備をしないままでは他の入居者に見つかった時に面倒だ。業者に偽装してまた後日と判断し、そのまま場所を去った。

◇◇◇

フェンド連邦謀略戦。

『鳳』の喪失という悲劇に見舞われても、それはモニカにとっては普段の任務の一つだった。やることは変わらない。

冷静な思慮の下、己の能力を発揮し、リリィを守り抜く。

仲間が負傷しないよう、常に最善手を打ち続ける。

それで終わるはずだった。

しかし、それがあまりに楽観すぎたのだ、と知ることになる。

◇◇◇

捜査の結果『鳳』を襲ったのは『ベリアス』という部隊だと特定できた。

クラウスは複数の罠《わな》を張り、ジビアと『ベリアス』に潜入捜査するという。他の少女はそのサポートを受け持った。

〈白鷺《しらさぎ》の館〉という洋館で行われるダンスパーティーに、クラウスたちは向かった。

モニカはその現場から離れ、一人、カッシャード人形工房を見張っていた。『ベリアス』の本拠地だった。現在ティアが人質に取られている。彼女の身に何かがあった場合、モニカに救難信号を送る手筈《てはず》となっていた。

工房周辺のビルの屋上で、モニカは時が流れるのに身を任せていた。

ふと屋上の片隅に、人の気配がした。

隣のビルから飛び移ってきたらしい。軽やかな着地を決め、余裕の表情を見せている。

「誰？」

モニカの右手には既に拳銃が握られていた。その気になれば、ゼロコンマ数秒で速射できる。

相手はモニカとそう歳《とし》の変わらない少女のように見えた。闇に紛れ、顔は見えないが、人を嘲るような嗜虐《しぎゃく》さを感じさせる尖《とが》った歯が、夜景の微《かす》かな光を反射し光っている。

あひゃ、という耳障《みみざわ》りな笑い声が聞こえてきた。

「ようやく対面できたねぇ」

「いいから名乗れよ、バカ」

「――翠蝶《みどりちょう》」少女はふっと微笑《ほほえ》んだ。「それがミィのコードネーム」

モニカはまだ目の前の存在が何者なのか、まるで知らない。ただ、その存在が纏《まと》っている気味の悪い邪気のようなものを感じ取り、本能的に理解する。

翠蝶と名乗った少女はすっと人指し指を差し向ける。

「初めまして、モニカちゃん——『蛇《へび》』が完全無欠な絶望を届けに来たよ」

嗜虐的な微笑み。

モニカの悪夢はこの瞬間に始まる。

5章　緋蛟《あかみずち》③

『コンメリッド・タイムズ』の本社の前には野次馬が集っていた。

ヒューロの中心にある、八階建ての立派なビルだ。周辺の建物よりひと際高く、年季の入った灰色の石造りの外壁が美しい。窓は磨《す》りガラスのため、内部を覗《のぞ》けない。入り口には立派な石柱が並び、来るものを拒絶するオーラを放っている。

アメリいわく、百年以上続く格式ある新聞社らしい。政治思想は中庸。親帝国派、反帝国派、どっちつかずの態度を取り続けている。

その本社の前では多数の市民がビルに向かって怒号をぶつけていた。集まった人々が道路に溢《あふ》れ、車道を塞いでいる。運悪く通りがかった車がけたたましくクラクションを鳴らしているが、群衆の熱量には敵《かな》わなかった。

彼らが叫ぶ内容は「あの記事は本物なのか？」「写真の詳細を教えろ」というもの。

関心はみな同じのようだ。

「殺気立っているな」

「な、なの。ちょっと怖いの」

その群衆の一人に紛れたクラウスとエルナは、感想を言い合う。

もちろん彼らの目的も一つ――モニカの写真を撮影した記者に、詳細を伺うことだ。

◇◇◇

「……………分かりませんわ」

モニカの写真を前にしたアメリは眉間に深い皺《しわ》を作り上げていた。

ダリン皇太子とミア局長を暗殺した犯人として、日刊新聞の一面に取り上げられている。

画質の悪い写真ではあるが、写っているのは間違いなくモニカだった。

アメリは訝《いぶか》し気な視線を送ってきた。

「燎火《かがりび》、正直に答えていただけませんか？　ダリン皇太子殿下が暗殺された時、モニカはどこにいたのでしょうか？」

「カッシャード人形工房を見張らせていた。他に指示は与えていない」

「それを証明する方法はありませんわね」

彼女の瞳に宿る疑いが深くなる。

「いえ、厳密にはアナタも知らないのですね。当時、アナタは〈白鷺の館〉のダンスホールにいた。モニカの動きを直接確認できていない」

その通りだった。

ダリン皇太子が暗殺された前後の時間、クラウスはジビアと『ベリアス』に拘束されていた。ティアを人質に取られ、言われるがままに動いていた。

その際、モニカが具体的にどう動いていたのかなど、知る由《よし》もない。

アメリの追及は続いた。

「『氷刃《ひょうじん》』のモニカが、ダリン皇太子殿下を暗殺することは可能でしょうか?」

「無理だな。彼女に警備は突破できない」

「嘘《うそ》ですわね」

鋭い口調でアメリが言った。

「ワタクシは彼女の動きを確認しています。他の『灯《ともしび》』メンバーとは一線を画す、実力者。サポートさえあれば突破できるかもしれません」

「そう思うなら、わざわざ質問するな」

彼女の優れた分析力を煩わしく感じる。

間違ってはいなかった。モニカは既に一流のスパイの実力を有している。もし警備網の情報が洩《も》れ、内部者の手引きがあった場合、暗殺は十分に可能だ。

もちろん科学者の女性一人を攫《さら》うなど訳もない。

「まさかとは思うが」

クラウスが釘《くぎ》を刺した。

「モニカがダリン皇太子を殺した――こんな馬鹿げた報道を本気で信じているのか？」

「可能性を検討しているだけですわ」

アメリが手を振って答える。

「もちろん、この報道は疑わしい。鵜呑《うの》みにはできません」

「だろうな」

「だが無視はできないでしょう？　この写真に写っているのは、紛れもなくモニカなのです。これをCIMの上層部はどう判断するか――」

連想したのは、殺された『鳳《おおとり》』のメンバーたちだった。

CIMの人間たちは上層部からの指示を盲信する傾向にある。もし『ハイド』が本気でモニカ抹殺の指示を出せば――。

「なんにせよ、直ちに記者を問いただした方がいいな」

クラウスは立ち上がった。

「情報源はどこか——その先にモニカがいるはずだ」

◇◇◇

『コンメリッド・タイムズ』本社の正面に立っていると、ジビアの姿を見かけた。

本社裏手の路地奥で、彼女と合流する。報道直後に起きた裏社会側の変化を、報告しにきてくれたらしい。

「ティアが超頑張ってる」

人目につかないよう建物の陰に隠れ、ジビアが囁《ささや》くように言った。

「ヒューロ一帯のマフィアと接触して、情報を片っ端からかき集めている。その一方で、あたしやリリィに指示を送っているからな。こんな器用なことティアにしかできねぇよ」

クラウスは「そうだな」と肯定する。

『鳳』の潜入捜査担当のファルマから指導を受け、ティアとグレーテは敵組織に潜り込む技術が飛躍的に向上している。グレーテはまだ男性が多い集団には苦手意識があるため、どこへでも忍び込めるティアは心強い。

彼女は他人と目を合わせることで、願望を読み取るという特技を持つ。それを用いて、多くの組織と繋《つな》がっているのだろう。

ジビアの報告は、主にティアが集めてきた情報だそうだ。

「まずここ数日の報告。各マフィアが一時結託して、新たな武装集団が作られようとしているらしい。国を脅《おびや》かすスパイを屠《ほふ》るんだとさ」

「……反社会勢力が義勇軍の真似事《まねごと》か」

「まぁ、そんなとこ。マフィア内でも王族人気は凄《すご》いらしいな」

「そうだな。それに、政府の信頼が落ちると怪しげな団体に力が集まるものだ」

きな臭い流れが加速しているようだ。

ジビアが顔をしかめる。

「今朝の報道のせいで結束は更に早まる見込みらしい」

「そうか。裏で糸を引く者がいるのかもしれない。引き続き捜査に当たってくれ。僕たちは新聞社から記事の真相を聞き出す」

「……簡単に言うよな。ま、アンタなら余裕か」

ジビアは「任せたぜ」と小さく口にし、去っていった。

クラウスとエルナは再び本社正面に戻る。

群がる市民を観察すれば、かなり多様な人間が声を上げているのが分かった。一般市民から、他社の記者、裏社会らしき人間も混じっている。

少し離れたところでは既にテレビ局も訪れ、男性リポーターがカメラを前で語っている。

国民誰もがあの記事の真相に興味があるようだ。

クラウスはずっと本社ビルを見つめている他新聞社の記者らしき男に声をかけた。

「コンメリッド社はどう対応している？　記者に話を聞きたいんだが？」

男性記者は「御覧の通り無理だよ、旦那」と肩を竦《すく》めた。

彼が指で示した先には、堅く閉鎖された玄関があった。

「情報源は明かせないの一点張り。警察も追い返したっていう徹底ぶりさ。社員はビル内に閉じこもってる」

「かなり口が堅いようだな」

「警察にしてもデマの根拠がなければ、逮捕する権限はないからな。これを突破できる人間がいるとすれば――」

男性は言葉を切り「あぁ、噂《うわさ》をすれば」と群衆の横にやってきた車に目を向けた。

突然やってきた黒塗りの二台の車から、屈強そうな男女が八人ほど降りてくる。全員が不気味な黒いコートを羽織っていた。

「ＣＩＭのおでましだ」男性が愉快そうに言う。

「……人権度外視の捜査権か」

「あぁ、これで記者も終わりだな。アレは乱暴と評判の『ヴァナジン』っつぅ部隊だ。スパイ容疑の難癖をつけられて、記者は尋問室に連れ込まれるだろうな」

クラウスは男性記者に礼を告げ、その場から離れた。

スパイの時代とあって、諜報《ちょうほう》機関には警察をも超える捜査権が認められている。他人の敷地《しきち》に押し入り、証拠も令状もなく人を攫うなどの非人道的行為も時に行われている。

無論、クラウスも国賊には容赦をしないのだが。

『ベリアス』とは異なる防諜《ぼうちょう》チームが動き出しているようだ。

彼らは警備員の腕を捻《ひね》り上げ、強引な突破を試みようとしている。間もなく本社に押し入り、真相を知る記者を誘拐していくだろう。

「の…………」

エルナが不安そうに眉を曲げ、唇を噛《か》んでいる。

クラウスは彼女の背中に触れる。

「モニカのために尽くしたいのか？」

「なの。決まっているの」

彼女はぐっと力強く頷《うなず》いた。

「モニカお姉ちゃんは裏切る直前、ちょっと様子がおかしかったの。エルナは……気づいていたのに助けてあげられなかったの……！」

「そうか。だったら一緒に行こう。今のＣＩＭは信用ならない。貴重な情報源を奪われてなるものか」

クラウスは膝を曲げ、エルナの目線に合わせる。

「リスクを冒すぞ——そのために、今回相棒にお前を選んだんだ」

◇◇◇

『コンメリッド・タイムズ』の裏手にも人は集っていた。

裏口から出入りする人間を捕まえ、記事の情報源を詰問《きつもん》する気らしい。だが裏口を使う者はなく、結局どうすることもできず、あてもなく建物を眺めている。

出入り口はどこも封鎖されていた。窓は全て閉め切られている。正面玄関にはＣＩＭがいて、突入する訳にはいかない。

迷うことなく隣のビルへ向かった。

保険会社が所有する五階建ての建物だ。正面玄関の警備員に「ＣＩＭだ」と嘘をつき、

『ベリアス』から盗んだ専用コインを見せる。

戸惑う警備員の横を抜け、二階まで駆け上がり、廊下の奥に窓を見つけた。開け放つ。屋外から確認した通り、ちょうど窓の先には、向かいの『コンメリッド・タイムズ』のビルの窓があった。

窓から一度離れ、エルナの肩を叩いた。

「飛び込むぞ」

「のぉっ？」

困惑するエルナを無視し、廊下で助走をつけると、クラウスは窓から身を投じた。

隣のビルまでは幅五メートル。

『コンメリッド・タイムズ』の窓ガラスを蹴破り、そのままビル内に侵入する。散らばるガラスと共に、うまく着地することができた。

二階は編集部のようだった。

十二台のオフィスデスクが隙間なく並べられ、書類が山積みになっている。中にいる社員は七名ほど。皆、呆然《ぼうぜん》と口を開け、固まっていた。

クラウスのすぐ横では、男性社員が書類を取り落としている。

「失礼。入り口を間違えたんだ」

クラウスは小さく頭を下げた。

「ところで、例の一面を書いた奴《やつ》は誰だ？　どこにいる？」

「し、知りませんよ！」

横にいた男性は頓狂な声をあげた。

「あの記事、突然に掲載されたんです。こんな下っ端《したっぱ》は訳も分からず……そもそもアナタは一体――」

クラウスは用意していたリストを取り出し、彼の鼻先に突き付ける。

「知っていそうな人物を指さすだけでいい。それ以上の危害を加える気はない」

「い、いや、そんなこと……」男の目線が泳いだ。

「そうか、レイモンド編集長か」

「え？」

「目線の動きで十分だ。安心しろ。情報源は言わない」

一方的に告げ、クラウスは編集部から飛び出した。

そこで「のっ」という掛け声でエルナもまたビルへの突入に成功した。

彼女を引き連れ、廊下に出たところで、エレベーターを見つける。そのボタンを押し、エレベーターを待つ間、隣の階段で一階まで降りる。

正面玄関を確認する。

既にＣＩＭの八人は警備員を突破したらしい。先頭には、腰元にサーベルを付けた、黒い肌の金髪《きんぱつ》の男がいる。女性社員の一人を捕まえ、硬い表情で詰め寄っていた。

「ＣＩＭの者だ。レイモンド編集長はどこにいる？」

「えっ、いや、自分はなんとも……」

女性社員は目線を背けている。

先頭に立つ男が、突如社員の胸倉を摑んだ。片手で持ち上げる。

「黙秘権があると思うな、吊《つ》るすぞ」

「――っ」

「我々は常に正しく間違えない。王から命を受けた、この『甲冑師《かっちゅうし》』のメレディスに歯向かう気か。お前も王の民だが、歯向かうならば残念だ。懺悔《ざんげ》の涙と共に指を千切ろう」

メレディスと名乗る男が女性社員の指を握ると、彼女はか細い声を漏らした。

「な、七階にいます……」

女性社員を床に投げ捨て、ＣＩＭたちは続々と社内奥へ入ってくる。

無駄な時間はなかった。彼らと鉢合わせすれば、面倒事を引き起こしかねない。

二階まで戻って到着したエレベーターに乗り、エルナと七階まで向かう。降りたところで、エレベーターを使用できなくなるよう、扉の間にナイフを挟んでおく。

七階には総編集長室と記された部屋があった。

エルナには待機するよう命じて、クラウスだけがノックもせずに入室する。

室内には男性が一人、タンブラー片手に窓際《まどぎわ》に立っていた。美味《うま》そうに液体を啜《すす》り、窓の下に視線を下ろしている。群がる集団を見つめているのだろう。

彼は「お、もう来たか」と呟《つぶや》き、悠然と振り向いた。

四十代半ばの無精髭《ぶしょうひげ》を生やした男だった。くたびれたジャケットを羽織り、にやけた表情を向けてくる。

レイモンド＝アップルトン総編集長。

彼こそがモニカの記事を掲載した首謀者らしい。二階にいた社員の反応を見るに、彼が権力を盾に無理やり実行したようだ。

「ん？　お前、もしかしてＣＩＭでもないな？」

クラウスを見つめ、愉快そうに顎鬚《あごひげ》を撫《な》でる。

「おもしれぇ。どこのもんだ？　もしかして他国のスパイか？」

「答える義理はないな」

「だったらオレもねぇさ」

レイモンドは肩を竦めた。

「……どうせ興味は例の記事だろうが、話せることはない。この命に代えてもな」

「随分と覚悟が決まっているようだな」

「当然だろ？　だがこっちにも信念がある。この国を正しく導く、新聞記者としての誇りが。殺すなら殺せ。その方が記事の真実味が増すってもんだ」

「……家族を道連れにしても？」

「オレにはいないさ。友人一人たりともな」

クラウスの脅迫にも、レイモンドの態度は変わらない。かなり肝の据わっている男らしい。余裕を見せつけるようにタンブラーの中身を啜っている。

経験上、信念に基づいて行動する者は厄介だ。ただの脅迫や買収では通じない。拳銃を向ける程度では冷や汗一つかかないだろう。

「諦めろよ。間もなくＣＩＭがやってくる」

レイモンドは楽しそうに笑った。

「アンタは困るんじゃねぇか？　安心しろよ。オレは、ＣＩＭにも情報源を話すつもりはない。どんな拷問を受けようともな」

ＣＩＭは動かないエレベーターに気づき、階段を駆け上がっているようだ。部屋の外から聞こえてくる足音が少しずつ大きくなる。

到着まで後二分というところか。

「そうか、誇りの問題か」クラウスは首を横に振った。「なら説得は無理だな」

「おぅ。どこのスパイか知らねぇが、今後は良いネタを――」

「置き土産を用意した。可憐《かれん》な少女だろう?」

クラウスが指を鳴らすと、総編集長室にエルナがやってきた。金髪の美しい少女は、無表情のままレイモンドに一礼し、彼の横に立つ。

クラウスは手袋を取り出し、右手に嵌《は》めた。

リボルバー拳銃を取り出し――エルナを狙撃する。

総編集長室に鮮血が飛び散った。

エルナは掠《かす》れた声で「不幸……」と呟き、血を吐きながら床に倒れ伏した。生気のない倒れ方だ。まるで即死したかのように。

「は――?」

レイモンドが唖然《あぜん》と口を開けた。

　クラウスは硝煙の香りが残る拳銃を、レイモンドの胸に投げつけた。反射的に彼が手で受け止めるのを確認すると、目的を達したように頷《うなず》いた。

「では去るよ。この現場を見たＣＩＭに、お前がどう言い訳するか見られないのが残念だ。少女殺しの容疑者として逮捕されるといい」

　挑発的に言ってやった。

「だがそうなった場合、誰がお前の記事を信頼するんだろうな？」

　レイモンドは慌てて拳銃を手放し、唖然とした顔でエルナに近づいた。震える指先で触れようとするが、その前に床に広がる血を踏み「ひっ」と身体《からだ》を仰《の》け反らせる。

　さすがの記者も遺体を見る機会はそう多くないようだ。

「お、おい、まさか……」

「発砲音も相まって、間もなくＣＩＭが駆け込んでくるだろう。残り三十秒。お前の魂が詰まった記事など、すぐ誰も相手にしなくなる。殺人犯の狂言として扱われるだけだ」

「……っ‼」

「全て失え。記者としての誇りも、尊厳も、地位も」

　クラウスはにべもなく告げると、倒れ伏す少女とレイモンドを部屋に残して、踵《きびす》を返した。脱出は簡単だ。屋上から隣のビルへ飛び移ればいい。

CIMたちが階段を駆け上がる足音が、次第に大きくなる。

レイモンドの顔から大量の汗が流れ始める。

それを見届けた後、クラウスが逃げようとしたところで、その腕を摑まれた。

「………頼む、オレも連れていってくれ」

苦悶《くもん》の表情でレイモンドが縋《すが》ってきた。

◇◇◇

ビルの屋根を駆け、事前に借りていたアパートの一室にレイモンドを連れ込んだ。

彼の身体を摑んでビル間を跳んで移動したせいか、レイモンドは全身から汗を流し、しばらくダイニングチェアでグッタリしていた。クラウスから渡された水を豪快に飲み、大きく息をついたところで頭を抱え始める。

「……いや、冷静に考えれば逃げる必要はなかったのか？　引き金にはオレの指紋はないはずだし……でも、さすがに言い逃れは無理筋だよなぁ……」

時間が経《た》って冷静に立ち返ったらしい。一般人なら遺体を見れば、誰でもパニックになる。判断を見誤るのは仕方のないことだった。

「どのみち逃げて正解だった。ＣＩＭの尋問の過酷さはお前の想像を遥《はる》かに上回る。信念どうこうで耐えられる次元ではない」

『ベリアス』の拠点に並んだ拷問器具を思い出した。アレを前にして耐えられる人間がいるとは思えない。

「…………そうなのか？」

「悪いことは言わない。お前は国を守る信念のために行動した。立場や思想は異なるが、嫌いにはなれない。僕はこれ以上、お前に危害を加える気はないさ」

レイモンドは困惑するように「殺人鬼に言われてもなぁ」と頭を掻いた。

「まだ気づかないのか？」

「あ？」

「殺している訳がないだろう。あれは演技だ」

そう答えたところで、アパートの扉がノックされた。

クラウスが開けると、清潔な服に着替えたエルナが入ってくる。

「せんせい、お待たせなの」

「ああああああああああああああぁっ！」

レイモンドが悲鳴にも似た大声をあげ、膝から崩れ落ちた。よほど悔しいらしい。「マジか……このオレが気づけなかった……」と呻《うめ》き声を漏らしている。

仕方がないことだ。エルナは事故や事件に遭う演技が非常に上手《うま》い。素人《しろうと》が見破るのは、ほぼ不可能だ。

――自作自演の惨劇。

自身の可愛《かわい》らしい容姿と相まって、かなり強力な詐術となっている。

クラウスはエルナに「見事だった」と用意していたケーキを冷蔵庫から取り出し、レイモンドの正面に立った。

「安心しろ。ＣＩＭはお前が誘拐されたと判断するだろう。記事の信頼は守られる。どころか真実味を増すだろう」

「な、ならいいけどよぉ」

「だが、それは僕たちにとっては不利益にも成り得る」

クラウスは凄《すご》んだ。

「場合によっては、記事を否定する報道をしてもらう」

「な、何者だよ。お前ら……」

「話せ。あの写真をどこで手に入れた？　お前が撮影したのか？」

「………」

レイモンドは目線を逸《そ》らした。話題を変えるようにアパート内を見回し、ため息を漏らしながら「タバコを吸ってもいいか？」と尋ねてくる。

クラウスは、エルナをちらりと見た。

エルナは一瞬嫌そうにしたが、ぐっと手を握って頷いた。我慢してくれるらしい。

ライターを渡すと、彼は胸ポケットから鉄製のシガレットケースを取り出し、タバコを口に咥《くわ》えた。火を点《つ》け、深く煙を吸い込み、長く吐き出す。

「何度も言っているが、情報源は吐けない」

「そうか」

「が、アンタのことは気に入った。条件次第では一部明かしてやってもいい。呑《の》めないなら、ここで潔《いさぎよ》くオレを殺してくれ」

レイモンドはタバコを咥えたまま、両手を上げて降伏を示す。

「条件を話してみろ」とクラウスは促した。「お前の身の安全以外にか？」

「それは当然だろ」

彼は皮肉気に口元を曲げる。

「アンタが知っている情報を寄越せ。今この国で何が起きている？」

これも記者としての使命感のようだ。レイモンドの瞳が仕事人のそれに切り替わる。

悪くなかった。現地の情報筋と手を結ぶのは、スパイの常套《じょうとう》手段でもある。

「『蛇《へび》』という諜報《ちょうほう》機関を知っているか？」

「……ん？」

「ガルガド帝国のスパイチームだ。ムザイア合衆国で大量殺人のニュースがあっただろう？　表向きは『リリリン＝ヘップバーン』という悪女の凶行で処理されたが、実態はこの『蛇』の手によるものだ」

クラウスは間をおいて口にする。

「ダリン皇太子の暗殺にもコイツらが関わっている」

「……根拠は？」

「ＣＩＭの親友から聞いた、確かな情報だ。知らないか？　特務機関『ベリアス』の長《おさ》、『操《あやつ》り師《し》』のアメリ。僕は彼女と懇意の仲なんだ。ここ最近は寝食を共にしている」

嘘《うそ》を混ぜ込み、焼け落ちたカッシャード人形工房から強奪してきたＣＩＭのサイン入りのファイルをいくつか手渡す。

「これ以上は言えない。今度はお前が話す番だ」

レイモンドはじっとクラウスを見つめ返してきた。信頼に足るのか確かめているようだ。

エルナの方にも目線を送り、時間をかけて推し量っている。

彼から吐き出されたタバコの煙が部屋に広がり、エルナが不快そうに鼻を押さえる。

「誰にも言うなよ?」とレイモンドは声をひそめた。

「記事の情報源は——少女だ。とびっきり美しい女だ」

「外見の特徴は?」

「ハッキリと見たわけじゃない。一瞬、顔が見えただけだからな。ただ、あの写真は彼女が提供してくれた」

エルナがハッとした表情でクラウスを見た。

「せんせい、もしかして……」

クラウスは無言に徹した。

現在フェンド連邦に潜むスパイで少女と言えるのは味方陣営を除けば、一人しかいかない。死に際《ぎわ》にヴィンドがメッセージを残してくれた。『鳳』を壊滅に導いた、一人。

怪我《けが》の跡が残る両肩を露出させた少女——『翠蝶《みどりちょう》』。

まだ確定的なことは言えないが、その可能性はありうる。

エルナが思い詰めた表情で「……とうとう『蛇』が見えたの」と呟《つぶや》く横で、レイモンドは楽し気に言葉を続けていた。

「──新たな秩序のリーダーとなる方だ」

早々に一本目を吸い終えたレイモンドは、エルナから使い終わったケーキの皿を奪うと、灰皿代わりにタバコを押し付けた。

「今その少女がトップに立ち、フェンド連邦に新たな反政府勢力が作られようとしている。今の政府は信頼ならねぇ。売国奴《ばいこくど》が中枢まで潜り込んでいることなんざ、オレたちだって気づいている。女王陛下が君臨する国を守るため、新たな力が必要だ」

その情報に思い当たる点があった。

「……今、マフィアを中心に武装集団が結集している、と聞いた。それか？」

「なんだ、知ってんじゃねぇか？　だが厳密に言えば、マフィアだけじゃない。オレみたいな記者も幾人か所属している」

レイモンドが口の端をにやりと曲げた。

「組織の名は──『烽火連天《ほうかれんてん》』」

聞いたことのない名前だった。

レイモンドはまたシガレットケースを取り出し、新たなタバコを摑《つか》む。

「話せるのはここまでだ。さぁ、これ以上の情報が欲しけりゃ、今度はアンタが──」

「ちょっと待て」

「ん？」

「時に――そのシガレットケースも少女からもらったのか？」

クラウスが鋭い視線を向けた。

「ん？　なんで分かった」と不思議そうに首を傾《かし》げるレイモンドに、はっきりと告げた。

「底に発信機が仕込んである」

こちらの動きは読まれていた。

唖然《あぜん》とするレイモンドからシガレットケースを奪った。銀色の鉄製ケースは不自然な厚みがあった。指で無理やり壊すと、中から機械が出てくる。

エルナが立ち上がり、鼻を細かく動かす。

「せんせい――！」

「分かっている」

直後、部屋の窓が割れた。何かが投げ込まれる。

――手りゅう弾。

身体は反射的に動いている。レイモンドの首を摑み、部屋の奥へと駆ける。置かれたダイニングテーブルを転がし、簡易的な防壁を作り上げる。「あ?」と間抜けな声をあげるレイモンドの身体《からだ》を押し込み、エルナの肩を抱えて、身を伏せる。

爆発があった。

手りゅう弾は爆発そのものではなく、爆発の際に飛び散る破片で人を殺傷する兵器だ。破片が直接当たらなければ、怪我は回避できる。

だが逆に言えば、失敗すれば命を落としていただろう。

爆破の衝撃で窓枠は吹き飛び、向かいの建物がよく見えた。その屋根に堂々と立つ人影がハッキリと認識できる。

「え……」とレイモンドが呻き声をあげる。

彼もまた知っているはずだ。その人物が写った写真は完璧に記憶しているだろう。

クラウスは服の汚れを払いながら、窓際《まどぎわ》に移動する。

「とうとうお出ましか」

建物の向かいには、冷酷な瞳をした蒼銀髪《あおぎんぱつ》の少女が立っていた。

攻撃したのは彼女で間違いないようだ。

エルナが泣きそうな顔をし、足から力が抜けたように床に座り込む。そして震える唇で言葉を紡《つむ》ぐ。

――今まさに、クラウスたちを殺そうとした敵の名前。

「モニカお姉ちゃん……？」

モニカが殺気を湛《たた》えて、立っていた。

こちらを窺《うかが》うような瞳で見下ろし、動かない。その右手には拳銃を握りしめながら。

6章　氷刃《ひょうじん》③

「初めまして、モニカちゃん──『蛇《へび》』が完全無欠な絶望を届けに来たよ」

突如現れた正体不明の少女に、モニカは素早く対応した。構えた拳銃の引き金に力を籠め、問答無用で速射する。

わざわざ名乗った意図など興味はない。なんにせよ、その名を口にした時点で敵だ。

──ディン共和国を混沌《こんとん》に陥《おとしい》れた『灯《ともしび》』の宿敵。

倒さねばならない。戦闘不能にさせ、容赦なく尋問し情報を吐かせる。それが『蛇』に対する『灯』の正しい対応だ。

「ふうん」

翠蝶《みどりちょう》の動きは軽やかだった。

早撃ちに特化した、ダブルアクションのリボルバー拳銃。肩めがけて放った銃弾を彼女は最低限の身のこなしで避けてみせる。

大げさな動きはない。身体を捻《ひね》っただけで銃弾は横を抜けていった。

「問ッ・答ッ・無ッ・用ッ！　って感じ？」

彼女は余裕のある表情を見せた。

「あひゃひゃっ、強っ気ぃー。でもさぁ、人としての礼儀とかどうなのさ？」

「キミたちには不要でしょ」

余計な会話を続ける気にはなれなかった。こちらを煽るような翠蝶の態度も不愉快だった。付き合ってられない。

この距離での発砲は回避されるだけと認識し、距離を詰めようと判断。

敵の出方を観察しながら、右足を踏み込む。

「ねぇ、モニカちゃん」

今まさに突撃しようとするモニカに、翠蝶は嘲笑するような笑みを向ける。

「――恋をしているんだね？」

反射的に動きを止める。

「なんのこと……？」動揺を堪《こら》えながら視線を送った。

「分かるよぉ。ミィのところには、そういう下衆《げす》な推測が超得意な人がいるからねぇ」

彼女はゆっくりと腕を回し始める。まるで踊っているようだ。ダンサー向きのすらっと四肢の伸びた体格をしている。

「強さよりも弱さを愛し、長所よりも短所を好み、秩序より混沌に生き、性格がゴミくずで卑怯《ひきょう》で劣悪で、ついでにセンスも悪くて、ダセーことこの上ない輩《やから》がねぇ」

「…………」

モニカは引き金に指をかけたまま、聞きに回る。調子に乗った相手が『蛇』の情報を自由に語ってくれる分には構わないという判断だった。

だが、次に翠蝶が吐いたセリフで失態だと気が付いた。

「――『花園《はなぞの》』のリリィが好きなんでしょ？」

気づけば発砲していた。

だが翠蝶の脳天めがけて飛んだ銃弾は、思わぬ邪魔者によって遮られる。

突如横から現れた男が盾のようなもので銃弾を弾いたのだ。

追い打ちをかけようと小刀に持ち替えるが、翠蝶を阻《はば》むように幾人もの男女が現れ、立ちはだかる。

「パーフェクト」彼らに守られた翠蝶が呟《つぶや》く。「あひゃひゃっ、その反応！　いいね。図星って感じかなぁー？」

黒い服を纏《まと》った六人の男女。佇《たたず》まいから、一般人ではないことが分かる。訓練され鍛え上げられた肉体。共通して言えるのは、生気のない、光を失った目。

心当たりはあった。

「っ、コイツら――！」

「《働《はたら》き蟻《あり》》――紫蟻《むらさきあり》さんの傭兵《ようへい》よ。知っているでしょ？」

その厄介さは身をもって知っている。

王の命令を忠実に実行するため、四六時中訓練に専念し、失敗すれば即自殺する。

『蛇』の一人――『紫蟻』の精神支配が生み出した兵隊だ。

彼が支配下に置いた《働き蟻》はいまだ世界中に存在し、『蛇』に奉仕しているのか。

「言っておくけど、キミたちの主は捕まったよ」

「無理よ。その程度じゃ紫蟻さんの支配は解けない」と翠蝶が微笑《ほほえ》む。

その言葉通り、彼らの光のない表情は変わらなかった。モニカの言葉など最初から信じていないのだろう。

呼吸を整える。

とにかく今回の件に『蛇』の関与は確実となった。ならば推理できることもある。

「『鳳《おおとり》』が壊滅したのは、キミたちの仕業か」

モニカは告げた。

「大体読めてきたよ。『ベリアス』を裏で操り、『鳳』を潰した。そして『ベリアス』周辺に潜み、嗅ぎ回るボクたちを陰で観察していた訳か」

「理解が早いね、さっすがー」

翠蝶は微笑む。

モニカの恋心を見抜かれたのも、その期間のようだ。

観察されていたことに気づかなかった事実が悔やまれる。が、仕方がない。誰もがクラウスのように気配を察知できる訳ではない。クラウスから逃げ、少女たちのみを見張っていたとしたら、見落としは仕方がない。

そして『蛇』には、クラウス級に人の感情の機微を見抜く達人がいるようだ。

翠蝶は周囲の《働き蟻》に一旦退くよう命じ、一歩歩み寄ってくる。

「ミィたちは考えたの――燎火《かがりび》は邪魔。今後、必ずミィたちの前に立ちはだかる。でも同時に悟った――燎火を殺すのはまず無理だ、と」

「……へぇ、潔《いさぎよ》いね」

意外に思っていると、翠蝶は穏やかに頷《うなず》いた。

「うん、認めるー。紫蟻さんにも勝つんだもの。とんでもないスパイよ。あひゃ、もはや卑怯だよねー。凡百のスパイが半年以上かける任務を数日で成し遂げてしまう。案の定、『鳳』壊滅の要因が『ベリアス』だということも、あっさり突き止めた」

「………」

「でも――万能じゃない」

翠蝶は口元を引き締める。

「大事なのは、任務次第では『数日もかかる』ってこと。そんな難題を複数同時にぶつけ、誰も予測不能なカオスを作れば、いくらでも足止めできる」

「……どうやって？」

彼女は自身の唇に、長い指を当てて告げる。

「今晩、ダリン皇太子が暗殺されるわ」

「――っ!!」

「常に先手を取り続ける。燎火が『ベリアス』を討つ前に、新たな問題を起こすの」

正気とは思えなかった。

彼らが何を企《たくら》んでいるのか、さっぱり理解できない。フェンド連邦の王族を殺せば、手が付けられないほどの混乱が起こる。

「なぜ……？」モニカが呻《うめ》いた。

「言えなーい。でもね、あの王子様には撃たれる理由がある。ゆえに燎火は事件の背景を調べるため、更に後手に回る」

「違う、ボクがまず聞きたいのはそっちじゃない！」

声を張り上げていた。

嫌な予感が胸でざわめいている。本能がやばい、と声を上げるほどに。

「――それをボクに教えてどうしたい訳？」

「…………」

「他国の王族が死のうがどうでもいいよ。だが、そんな真似《まね》をすれば、フェンド連邦とガルガド帝国の戦争が勃発する。今度こそ滅亡したいのか？」

帝国のスパイと敵対するモニカと言えど、全帝国民が敵だと思っている訳ではない。

他国同士であろうと戦争など望まない。

その戦火が再びディン共和国に降りかからないとも限らないし、なにより無辜《むこ》の民の死を喜べる倫理観など持ち合わせていない。

翠蝶はあっけらかんと笑った。

「大丈夫よー。まるで問題なーい。暗殺容疑はディン共和国のスパイに着せる。暗殺はガルガド帝国の手によるものだなんて、絶対に思わせない」

「……っ。『鳳』に着せるのか」

モニカが唇を噛《か》んだ。

「なるほどね、だからＣＩＭは『鳳』を襲って――」

「ちがーう」

「ん？」

「ダリン皇太子暗殺の容疑を着せるのは、『鳳』じゃないわ。確かに最初はそうだけど、そこから次の生贄に移る予定なの」

翠蝶は首を曲げる。

「――『花園』のリリィ。それがダリン皇太子暗殺の容疑者となる」

しばらく言葉が呑《の》み込めなかった。

なぜ、あんな拙い実力の少女がそんな大罪を背負うことになるのか。

「………無茶苦茶だ」

「でも可能よ。実際ＣＩＭは偽《にせ》情報に踊らされ『鳳』を襲っている」

言葉に嘘《うそ》はなかった。

『灯』の捜査で、ＣＩＭの部隊である『ベリアス』が『鳳』を襲撃したことは判明している。フェンド連邦に全く危害を加える予定のなかったチームが。

翠蝶がその気になれば可能なのかもしれない。

──フェンド連邦の王位継承者・ダリン皇太子を暗殺することも。

──その世紀の大罪を『花園』のリリィに着せることも。

全身から汗が流れ始める。すぐに目の前の少女を殺しにかかりたいと感じるが、手が出せない。この地にいる『蛇』が『翠蝶』だけとも限らないのだ。

「もしそうなったら──」

モニカは辛《かろ》うじて反論した。

「──クラウスさんがリリィを守り抜いてくれる」

プライドを捨てた、人任せの回答。

情けなさに拳を握りしめるが、彼ならば、どんな危機でも打ち破ってくれる期待があった。困難に彼を頼るのは『灯』の最終手段でもある。

翠蝶は「つまんない答え」と吐き捨てた。

その程度は想定していたと言わんばかりに、首を振る。

「ねぇ、モニカちゃーん？　その焦《あせ》り狂った頭でよぉく考えて？　燎火は今回、ＣＩＭと全面的な衝突は避けている――それはなぜー？　彼がその気なら『ベリアス』ごとき一人で壊滅できるのに。実行に移さないのはどうしてー？」

その通りだ。

今回クラウスはＣＩＭ全体との敵対を避けている。『灯』の目的は、ＣＩＭ他チームに気取《けど》られないよう、『ベリアス』全員を拘束すること。今はその準備を整えている。

翠蝶は微笑んだ。

「明白よ。ディン共和国とフェンド連邦の諜報《ちょうほう》機関が争えば、共和国は惨敗《ざんぱい》するから」

「…………っ」

妥当な予想だった。

世界中に支配下に置いた国を持ち、世界二位の経済国であるフェンド連邦と、田舎国に過ぎないディン共和国では諜報機関に割ける人材も費用も違いすぎる。

クラウス一人では覆《くつがえ》しようのない国力差がある。

ゆえに『灯』は全面的な争いを避けるため、慎重に徹している。

「燎火は生粋の愛国者よー？　なぜなら彼は『焔《ほむら》』を家族のように愛し、祖国は家族が守り抜いた証《あかし》だから。そして彼には『焔』の遺志を継ぐ使命がある」

翠蝶は言い放つ。

「自国民何千万人を危機に晒《さら》して、一人の部下を救う真似はできない」

言葉がずっしりと深く圧《の》し掛かった。

想起する。最悪の未来を。

――フェンド連邦がディン共和国に、『花園』のリリィを引き渡せ、と命じたら？

――対外情報室の上司であるCがクラウスに、リリィを引き渡せ、と命じたら？

――それができなくば、両国で戦争が起きかねないという未来が訪れたら？

分からなかった。

クラウスがそれでも尚《なお》、リリィを庇《かば》ってくれるかどうか。彼はスパイとして非情な側面も持ち合わせている。そうでなければ、国を守れない。

「……もう一度、尋ねる」

モニカは力ない声で言った。

「…………それをわざわざボクに教えてどうする？」

「分かっていると思うけどぉ？」

翠蝶は手を伸ばし、耳に長く残るような低い声音で言った。

「アナタが『蛇』に寝返るのなら、『花園』のリリィの命は保証してあげる」

モニカはすぐに返答できなかった。

頷くことも、そして、断ることもできない。じっと唇を閉じ、かけられた罠《わな》に苦しみを抱きながら呻くしかない。

他にもいくつかの言葉を翠蝶は告げてきた。

それらの一つ一つがモニカの心を揺さぶるのに、十分すぎる威力があった。

それを終えると、翠蝶は楽し気な声をあげた。

「大サービス。最後に良いものを見せてあげるー？」

パチンと指を鳴らした。小気味いい音。

――突如、四方八方から銃声が轟《とどろ》いた。

翠蝶とモニカを囲むように大量の発砲音が夜闇に響き渡る。十や二十では利《き》かない量の銃弾が空に向かって同時に放たれた。街の至る所で悲鳴が上がる。

示威行動にしては、やりすぎていた。

こんなに多くの銃声が響けば、警察やＣＩＭが直ちに捜査に乗り出すはずだ。スパイにとってデメリットしかない。

にもかかわらず翠蝶は平然としている。

「ミィは恐《こわ》くない。なぜならこの国の警察もCＩＭも政府も、絶対にミィには手を出せないから。街の至るところにミィの配下は潜み、指先一つで自由に動かせる」

彼女は、あひゃひゃ、と嗜虐《しぎゃく》的な笑みを見せてきた。

「不《ふ》・羈《き》・奔《ほん》・放《ぽう》——誰もミィを捕えることはできない」

◇◇◇

翠蝶が離れていくと、やがて強い雨が降り始めた。視界が悪くなる。見張りは中断し、一度拠点に戻ることにした。

ヒューロの街に『灯』はマンションを二部屋、借りていた。

少女たちは交代で休憩場所として使っている。

モニカが戻った時には、エルナとランが待機していた。

台所の方からエルナが「お帰りなの。これからご飯を作るの」と笑い、居室の方ではランが「うむ、モニカ殿。雨の中ご苦労でござった」と手を上げている。

差し出されたタオルで髪を拭き、ランの正面のソファに腰を下ろした。『ベリアス』の拠点などの情報を伝えると、ランがすまなそうに眉を下げた。

「なんだか申し訳ないでござるなぁ。『灯』に任務を任せっきりで」

「キミにやたらと動かれる方が迷惑なんだよ」

「うむ。今日はゆっくり熟睡させてもらったぞ」

なぜか誇らしげに両腕を組んでいる。

叱る気にもなれなかった。何も言わずに天井を見上げる。

「ん、モニカ殿？」

ランが首を捻《ひね》る。

「元気がないでござるな。いつもなら『寝るな』と腹パンしてくるはずだが」

「…………」

ランにあっさりと看破される程、今の自分は憔悴《しょうすい》しているらしい。やはり翠蝶から出された提案が心を抉《えぐ》っていた。

両手で顔を覆い、数秒思い悩む。事情を伝える訳にはいかない。

——翠蝶から盗聴器を仕込まれていた。

襟元に取り付けられた。こちらの情報は常に筒抜けだ。電波が途切れたり、少しでも音声の乱れがあれば、翠蝶はリリィの偽情報をCIMに流すという。

筆談も躊躇《ためら》われる。エルナやランが少しでもミスを犯せばアウトだ。

今は誤魔化すしかない。

「ちょっと、どうでもいいことで悩んでいただけ」

「おぉ、モニカ殿が珍しい」

興味深そうにランが身を乗り出してきた。

「なぁ、キミは恨んでないのか？」モニカが問う。

「ん？」

「もしクラウスさんが『鳳』のボスになっていたら、『鳳』は生き残っていたかもしれない。そう考えたことはなかったか？」

「…………」

モニカがずっと考えていたことでもあった。

かつて『鳳』はクラウスをボスに据えるため、『灯』と争い、直接対決の果てに勝利した。しかし『灯』の実力を認めた彼らは、クラウスを得る権利を放棄した。

その決断は妥当なものだったか？

クラウスがもし『鳳』のボスになっていたら、この悲劇は回避できたかもしれない。

にこやかに話を聞いていたランの顔が引き締まる。

「――侮辱するな」

強い怒気が含まれた声だった。

「クラウス殿をボスに据えなかったのは、拙者たちの覚悟。『鳳』と『灯』の両軸で国を救う、その決断ゆえだ。後悔などない」

「……そうか」

「誰の責任という問題ではない。結果論など無意味でござるよ」

この話は終わりだ、とばかりにランは手を振り、ソファの背もたれに身体《からだ》を預ける。その顔に強がりは窺《うかが》えなかった。

『鳳』の喪失を完全に乗り越えた訳ではないだろうが、感情の整理は済んでいるようだ。

ゆえにモニカは何も言えなくなる。

(……でもラン。キミは真実を知っても尚、心が揺るがないと言えるかい？)

見られぬよう顔を伏せ、唇を噛《か》み締める。

(ボクは翠蝶から聞いたよ――『鳳』にいた裏切り者を)

そう、翠蝶は『鳳』にも接触していた。

『蛇』は彼らを巧みに観察し、その弱さを突いていた。

◇◇◇

——先刻。

裏切りを持ち掛けた翠蝶は見透かしたような笑みを向けてきた。

『どうせ、モニカちゃんはこう考えているんでしょー？』

こちらを見透かすように微笑《ほほえ》む。

『——一旦裏切るフリをして「蛇」の内情を探ればいい』

図星だった。

いわゆる二重スパイ。養成学校時代でも講義がされる程に、常套《じょうとう》的な手法だ。寝返るフリをして取るに足らない情報を渡し、相手に取り入る。

翠蝶から提案を受けた時、当然モニカの頭に過《よぎ》っていた。

『あひゃっ、利口なスパイが考えることは一緒ね。バッカみたい』

つまらなそうに翠蝶は肩を竦《すく》める。

『「鳳」にもそんな愚か者がいたわぁ——「鼓翼《こよく》」のキュール』

知人の名前を出されて息を呑《の》む。

翡翠《ひすい》色のポニーテールと眼鏡の少女。『鳳』の参謀だ。

『話を持ち掛けたらねー、最初は了承してくれたんだけどなぁ。祖国を裏切るって。目にいっぱいの涙を溜《た》めての決断でねぇ、悔しそうに拳を震わせながら承諾してくれたわぁ。『灯』のメンバーの名前と外見を教えてくれたのも彼女よぉ』

意外だった。キュールはエリートとして誇りを持ち、忠実に任務を果たしていたはずだ。裏切るようなスパイには見えない。

何を持ち掛けたのか尋ねると、翠蝶は明かしてくれた。

『「鳳」全メンバーの命の保証』

切実な願いだった。

『賢い子よねぇ。フェンド連邦が腐りきっていることにいち早く気が付いて、自分たちが生き延びるには「蛇」に降るしかないと判断した。素晴らしいわね。燎火を殺すための手駒として使い潰してあげたかったわ』

憂鬱げなため息を洩《も》らし、翠蝶は吐き捨てる。

『でも、土壇場で愚かにも裏切りやがった』

思い出したのは、『鳳』の遺体が写った写真。

――キュールは首筋を奇妙な刃物で切られ、殺されていた。

彼女は『ベリアス』ではなく『蛇』の何者かに直接命を奪われたのだろう。

同世代のエリートでも翠蝶の罠を突破できなかった。

『ホント舐《な》めすぎ。結果「鳳」は壊滅した。何一つの望みも叶《かな》わず、死んじゃった』

中途半端《ちゅうとはんぱ》な裏切りは悪手ということだろう。

先ほど彼女の実力の一端は、見せつけられた。彼女はフェンド連邦でかなりの手駒を潜ませている。どこに彼女の手先がいるのか、判断がつかない。

『だからモニカちゃんはミィを失望させないでね』

選択肢が狭まっていくような、不気味な心地がした。

◇◇◇

翠蝶との会話を思い出していると「モニカお姉ちゃん?」と声をかけられる。

エルナがじゃがいもを抱えたまま隣に近づいてきていた。不安そうな瞳でじっと覗《のぞ》き込むように見つめてくる。

「やっぱり今のモニカお姉ちゃん、変なの。隣の部屋で休んできた方がいいの」

「……うん、そうだね」

「予定では、せんせいが後一時間くらいで来るはずなの。それまで寝ているといいの」

「………」

告げられた事実に焦燥を抱く。

無線で連絡があったという。『ベリアス』と行動を共にしていたクラウスやジビアがもうすぐ戻ってくる。

彼らの帰宅後はミーティングが行われる。当然モニカは参加しなければならない。

（……クラウスさんと顔を合わせなきゃならない）

ぐっと胸が締め付けられるような息苦しさを味わう。

エルナやランにさえ動揺を見抜かれている、この体《てい》たらくで。

ランが気楽そうに身体を大きく伸ばし「そうか、では拙者は今のうちに湯浴みでもするか」と呟《つぶや》いて、脱衣所の方へ消えていく。

モニカもまた「隣の部屋で寝てくるよ」と告げ、ゆっくり立ち上がった。

「あ、もし良かったら」

エルナが気を遣うような声をあげた。

「今、特製のスープを作るところなの。完成したら、モニカお姉ちゃんも食べるの？」

「別にいい」にべもなく答える。

「……本当に疲れているの。もし大変なら、せんせいに相談――」

「うるさい。いちいち構うなっ！」

つい声を荒らげていた。

振り返ると、目を丸くするエルナの姿があった。傷ついたかのように息を呑んでいる。

まるで怯《おび》えるように肩を縮こませて。

「……ごめん、本当に疲れているんだ」

目を逸らしながら伝える。

「でもクラウスさんには相談しないで。問題なく動ける。余計な心配をかけたくない」

エルナは「わ、分かったの」と頭を下げ、怯えるようにキッチンの方へ逃げていく。

申し訳ないことをした自覚はある。

しかし心を配れるほどの余力はなかった。

――クラウスとの対面は、今後のモニカの運命を変える分岐点だった。

◇◇◇

『無理だよ』

度重なる翠蝶《みどりちょう》の脅迫に、モニカはハッキリと告げた。

『裏切る、裏切らないの問題じゃない。ボクの裏切り自体成立しない』

『んん？』

『遅かれ早かれ「灯」のミーティングがある。参加しなければ不審だし、参加すればクラウスさんと出会う。対面すれば確実に、ボクの異変に気が付く』

クラウスを欺き切る難易度は身に染《し》みている。

自分は今、動揺している。それをクラウスに一切悟らせずに、二十分前後の会議を乗り切るのは不可能。違和感を抱いた彼に詰められれば、全てを吐くしかない。

『……それとも今ここでボクに裏切る決断を迫るかい？』

『仮にそうだとしたら、答えはなーに？』

『断るに決まっている。キミの言葉には何の根拠もない。実際にダリン皇太子が殺されるのかも、怪しいところだしね』

『か細い希望に縋るねぇ、モニカちゃん。ま、すぐに分かるけど』

翠蝶は軽やかに手を振った。

『ミーティングは参加していいよ。でも、そこは頑張ってもらおうかなぁ』

めんどくさそうに翠蝶は首を横に振る。

あまりに投げやりな態度に、どう対応すればいいのか分からなかった。クラウスの勘の良さを説明したくなったが、わざわざ敵に情報を開示することはできない。

翠蝶はドスの利《き》いた声で告げる。

『隠し通せよ——「花園」のリリィを殺されたくなければ』

冷ややかな言葉だけがずっしりと突き刺さった。

◇◇◇

エルナたちと離れ、鏡台の前で表情を整える。

平静を取り戻すのに、経験のない程長い時間を要した。何度も表情筋をほぐし、普段通りの顔を確認する。喜怒哀楽、全ての感情の演技に違和感は残っていないか、確認する。

まだ裏切りの決心はつかないが、今は翠蝶の言いなりになるしかない。

感情の乱れを身の内に潜ませる。

しばらくすると、ジビアが戻ってきた物音が聞こえてきた。

最後にもう一度表情を引き締め、モニカは勢いよく先ほどの部屋に戻る。元気を示すため、暴れるランの腹に「うるせぇ!」と踵落《かかとお》とし《》を繰り出す。

その上でジビアから情報を聞き出し、状況判断を試みた。

――ＣＩＭはダリン皇太子暗殺未遂の容疑者として『鳳』を追っていること。

――つい先刻、ダリン皇太子が何者かに狙撃され、命を落としたこと。

表情にこそ出さないが、絶望の心地だった。

（……これで確定した。翠蝶の言葉はハッタリじゃない）

翠蝶の脅迫の信ぴょう性が格段に増した。

あくまで事務的な態度でモニカは尋ねた。

「ねぇ、今リリィはどこで何をしている？」

「ん？　〈白鷺《しらさぎ》の館〉に潜んでいるけど？」

なんてことのないように、ジビアが答える。

事前の予定通りだった。リリィは現在ダンスホールに潜んでいる。テーブル下で『ベリアス』の副官を毒で仕留め、グレーテとすり替える計画のためだ。既に成功させたが、今なお彼女は隠れ続けているらしい。

「……ダリン皇太子が殺された時も、リリィは身を隠していたんだよね？」

「そりゃ当たり前だろ」

モニカは「そりゃそうか」と明るく相槌《あいづち》を打ちながら、舌打ちを堪《こら》える。

――アリバイがない。

リリィの役目は『ベリアス』の誰にも気づかれないよう、潜伏することだ。『灯』の味方以外、彼女のアリバイを証言できる者はいない。

悔やまれる。翠蝶に裏切りを告げられた直後、すぐリリィを救うことも頭に過《よぎ》っていた。

だが時間は残されていなかった。

そこでノックの音が聞こえ、クラウスが顔を出した。「今、戻った」と短く口にし、ティアと共に部屋に入ってくる。

今一度、決意しなければならなかった。

絶対にバレてはいけない。襟に仕込まれた盗聴器、もしクラウスにバレた場合、翠蝶は躊躇《ちゅうちょ》なくモニカを切り捨てる。リリィに命の危機が及ぶ。

――全身全霊でクラウスを欺き通す。

他になかった。スパイとしての全力で動揺を表に出さないよう努める。

一切の油断はなかった。

やがてミーティングが始まる。メンバーはクラウス、モニカ、ティア、エルナ、ジビア、ランの六人。まずクラウスの方から『ベリアス』と行動を共にした所感や、人質となっていたティアが聞き出した情報が語られる。

その間ひたすらに平静を貫き通した。

幸いクラウスがこちらの異変に気付く様子はない。

(…………けれど)

決して態度には出さない、心の奥の奥にある感情が微《かす》かな声をあげていた。

クラウスの方へ視線を移す。彼は真剣な顔つきで、今後『ベリアス』とどう接していくのかを語っている。

――気づいてほしい。

矛盾した願望だった。けれど、一度自覚すれば堰《せき》を切ったように溢《あふ》れ出す。

本気で演技を続けながらも、情けない想《おも》いが止まらない。

(なんだよ、クラウスさんなら全てを見抜いてくれるんじゃないのかよ――!)

察してほしい。助けてほしい。

底知れない何かに呑《の》み込まれていく自分を、救い出してほしい。

都合が良すぎる、甘えた願望が消えない。自身は本心を欺く演技に注力しながら、それでもクラウスが全てを察し、翠蝶から救い出してくれる、などと願ってしまう。

縋《すが》れる存在は他になかった。

今後の計画を語るクラウスに、それどころじゃない、と叫びたかった。

（どうして気づかないんだ？　ボクの悲鳴に――!?）

強い感情だった。

（なんで――たとえボクが全力で嘘《うそ》をつこうが、アンタは看破してきただろう――!?）

暴れ出す絶叫を心の内で押しとどめながら、ただミーティングをやり過ごす。

結局クラウスが、モニカの動揺を見破ることはなかった。

最後は仲間に労《いた》わりの声をかけ、その上で復讐《ふくしゅう》を訴えるのみだった。モニカに特別な視線を向けることはない。

ミーティング後、すぐにモニカは退室した。

――クラウスと言えど、全てを見通せる訳ではない。

当たり前の現実であり仕方のないことだ。この異常事態が続く任務下で、部下全ての心理状況を見抜けという方が無理がある。クラウスは決して神様ではない。

彼はミーティング中、改めて、ＣＩＭとの全面抗争は避けたいニュアンスの発言をしていた。やはりＣＩＭと争うことは彼でさえも回避したいのだ。

クラウスは神ではない。その事実が、モニカの何か大事なものを砕いていた。

◇◇◇

ビルの屋上で夜の街をそっと見下ろす。

『ベリアス』との戦闘はあっさり終わった。グレーテの策が完璧に嵌《はま》り、ジビアを中心に仕掛けた罠《わな》が全て成功した。『ベリアス』は山の工事現場で全員拘束できた。

それが翠蝶から伝えられたタイムリミットだった。

クラウスが『ベリアス』から真相を聞き出し、次の一手に移る前に、翠蝶は更なる混沌《こんとん》を生み出す必要がある。常にクラウスを振り回したいのだろう。

カッシャード人形工房横の建物で待っていると、いつの間にか翠蝶は背後に立っていた。

「ミィがアナタをパートナーに欲《ほっ》している理由を教えてあげる」

唐突に声をかけられる。

「――ミィと似ているから」

返答をしないでいると、翠蝶は語り続けた。

「この世界の慈悲なき暗部に触れたことがある。知らしめなきゃと思った。何も知らない衆愚に悪夢として刻まなければならない。その時からミィは『翠蝶』と名乗った。モニカちゃんを見た時に感じ取ったよ。ミィと同じ。自分の感情を吐き出したい人だって」

妙に穏やかな声音だった。

普段の嘲るイントネーションはない。友人に話しかけるような温かみがあった。

「多分ね、モニカちゃんが『灯』を裏切らなくても、『花園』のリリィが生き残る可能性は高いよ？　なにせ相手は燎火だもの」

「そうだね」

「五割か六割、といったところかな」

妥当な数字だ。クラウスならばＣＩＭと正面から争おうとも勝利をもぎ取るかもしれない。決して可能性は低くないはずだ。

「でも」モニカが呟《つぶや》く。「四割か五割、リリィが死ぬんだ」

何度も想像した。クラウスに助けてくれ、と縋る。そうすれば彼は全力を尽くしてくれる。これまで幾度となく少女たちを救ってきたように。どんな逆境も打ち破ってくれる。

けれど、確実という保証はどこにもない。

――モニカが『蛇』と敵対すれば、五十パーセントの確率でリリィが死ぬ。

――モニカが『灯』を裏切れば、確実にリリィは助かる。

その二択を迫られた時、自然と答えは決まっていた。

「三つ、教えてくれ」モニカが言った。

「どうぞ」

「一つ目。クラウスさんは、どうしてボクの演技を見抜けなかった？」

翠蝶は楽し気に頬を緩める。

「んー？　モニカちゃんの演技が上手だったたからじゃなーい？」

「それだけで欺ける人じゃない。キミが何かしたのか？」

まだ不明点の多い『蛇』であるが、通常では考えられない技能を持つ存在は確認されている。数百人規模の精神支配を遂げた紫蟻、そしてモニカの恋心を看破した謎の人物。

翠蝶もまた、特別な力があるのだと予想ができた。

彼女はへらっとした笑みを見せ、肩を竦《すく》めた。

「さすがに今の段階でミィの個人情報なんて言えないねぇ」

「あぁそう。じゃあ、二つ目の質問はいい」

『蛇』の目的を知りたかった。ダリン皇太子を暗殺し、戦争の火種を作り出してまで望むものは何か。が、これも教えてもらえるはずがない。

——まずはモニカの決断を行動示せ。

翠蝶はそう態度で訴えている。

「三つ目。ボクは何をすればいい？」

「それは言わなくても分かると思うけれどぉ？」

挑発的な言葉をぶつけられ、小さく息をつく。

当然、理解している。『蛇』が自分を欲している理由は一つしか考えられない。

――問。どんな敵をも返り討ちにする、無敵のスパイを殺す方法とは何か。

――答。決まっている。敵ではない人間が襲えばいいのだ。

翠蝶は自身の髪を振り回しながら、モニカに歩み寄り、そっとその髪を首に巻き付けてきた。ママゴトをする幼女のような無邪気さ。

「とりあえず手始めに仲間を襲ってくれるかなぁ？　覚悟が見たいの」

翠蝶が離れていくと、モニカの首に巻かれた髪はするりと解けた。

「全部壊して――最終的にアナタがそれを果たせば、『花園』のリリィの命は保証する」

モニカは答えを吐き出す前に、瞼《まぶた》を下ろした。

暗闇の中で浮かび上がるのは、陽炎《かげろう》パレスでの思い出だった。

呆気《あっけ》にとられるほどマイペースだったクラウスとの出会い。最初の集合時間に遅刻してきて驚かされたエルナ。恋にひたむきなグレーテに嫉妬し、身体能力に長《た》けたジビアとは幾度となく競い合い、型破りなアネットに振り回された。臆病だったのに次第に向上心を見せてきたサラを指導し、スパイの方向性の違いで何度もティアと対立した。

そしていかなる逆境でも仲間を励まし続けるリリィの姿がある。

何を選ぶのか、何を切り捨てるのか。望むもの全てを得られる程、世界は甘くない。

「分かったよ――」

はっきりと言わねばならなかった。

どれだけ困難な道であろうと、理想のためには進まなくてはならない。

「――『燎火』のクラウスはボクが殺す」

そして惨劇の時は訪れる。

7章　緋蛟《あかみずち》④

向かいの建物の屋上に立っていたモニカはしばらく冷ややかな視線を送ってきたが、やがて身を翻《ひるがえ》した。この場にいる理由をなくしたような去り方だった。

「モニカ……」

爆発のせいで外の人々が騒ぎ出している。今のヒューロ市民は爆発音や銃声に敏感だ。また誰かが殺されたのではないか、と悲鳴が響いている。

あまり悠長にしている状況でもないようだ。

「エルナ、この男から情報を引き出しておけ。僕はモニカの後を追う」

しっかりと頷《うなず》くエルナと、まだ腰を抜かしているレイモンドを尻目に、クラウスは爆破された窓から飛び出した。

背後から「エ、エルナ、人見知りだけれど、ここは頑張るしかないの」「いや、こんな嬢ちゃんだけ残されてもオレは困るんだが……」と戸惑いの声が聞こえるが、相手をしている暇はない。

まだモニカは遠くには離れていないはずだ。

彼女が建物の屋根伝いで移動していることは、予想がついた。いまや彼女は指名手配されているようなものだ。公道を進むことはできない。

クラウスもまた屋根と屋根の間を跳躍しながら、移動する。

モニカの姿はすぐに見つけられた。百メートルほど距離が離れているが、追えない距離ではない。中心部から離れ、人や建物が減っていく方向へ進んでいる。

クラウスを撒《ま》くような挙動は見られない。

（……誘い込まれているな、明らかに）

でなければ、あそこまで露骨に姿を現す理由もない。

十中八九、罠だろう。

（だが退く選択はないか……それもまた、彼女の計算の内だろうが……）

多くの任務を共に達成してきた間柄だ。クラウスの性格などお見通しのはずだ。

やがてモニカは、一つの建物の中へ入っていった。

大きな教会だった。二本の尖塔《せんとう》が並び、両端に金色の十字架が光っている。もう管理する者がいないのか壁や屋根の汚れが目立つ。

クラウスもまたモニカに続き、正面から入っていった。

内部は、立派な造りだった。

中央を貫く身廊と、その左右に連なる側廊で直線を作っている。直線の両端には袖廊が突き出て、建物全体が十字形となっていた。天井は高く、それを支える柱が美しいアーチを作っていた。壁際《かべぎわ》には、礼拝堂が六つ並んでいる。

やはり既に教会としての役割は終えたらしく、荒廃している。聖堂には長椅子だけでなく、机もあることが特徴的だった。

そして似つかわしくない――硝煙の香り。かなりの重火器が持ち運ばれているようだ。

クラウスは身廊をまっすぐ進みながら、尋ねる。

「この教会はなんだ?」

「かつての学校だよ」

答えはあった。

教会に輝くステンドグラスの下に、モニカが得意げな顔で笑っていた。不遜にも教壇に土足で立っている。

ひび割れた木製の教壇の上で彼女は、淀《よど》みなく語りだした。

「ヒュトロの街と言えば、世界有数の人口過密地域だ。一世紀前、農業技術の劇的な進歩は結果的に多くの農家を失職させた。職を失った者は都市に移り住み、過酷な工場労働に従事した。もちろん、子どもだってそうだ。工場法が制定され、子どもの労働が禁止されるまで庶民の子どもは学ぶ余裕さえなかった」

モニカは静かに口にした。

「ここの神父さんは、そんな子どものために教会で学校を開いたらしい。アンダークラスの子どもはここに通い、読み書きを習った」

いわゆる日曜学校か。よく見れば、聖堂にある長机にはペンの跡が残っている。既に学校の役目も教会の役目も終えたようであるが。

モニカは挑発的に口にした。

「──授業をしてよ、クラウスさん」

進むクラウスは、やがて教壇の前に辿《たど》り着く。

彼女との距離は、十メートルもない。一瞬で詰められる距離。しかし、この時においては、いつになく遠く感じられる。

「単刀直入に聞く」

クラウスは言葉をかけた。

「どうして『灯《ともしび》』を裏切った？　やむにやまれぬ事情があったんだろう？」

教会は声がよく響いた。微《かす》かに反響する。

モニカは目を細める。

「そうだね、強いて言うなら――」

彼女はまるで自嘲するように口元を歪《ゆが》めた。

「――クラウスさんがボクのことを見てくれなかった、からじゃない？」

哀し気に聞こえたのは思い込みだろうか。

もっと多くの説明が欲しかったが、モニカに伝える意志はないようだ。次第に彼女から放たれる敵意が増していく。少しずつ酸素濃度が下がっていく心地がした。

モニカは腰元に隠したホルスターから拳銃を取り出した。

「これ以上は話せないね。だってクラウスさんはスパイなんだろう？」

「あぁ、分かっているよ」

クラウスもまたナイフを取り出した。

「情報は奪うものだ。譲ってもらうものじゃない」

今更、円満な話し合いで解決するとは思えない。

期待するだけ無駄だろう。彼女は強い覚悟を持って、ここで待ち受けている。

できるのは、ただ全力で応え——打ちのめすことだけ。

クラウスは小さく息を吸い込んだ。

「モニカ、降参するなら早めにしろ。教え子を攻撃するのは忍びない」

「随分と上から目線で来るね。負けるとは微塵《みじん》も思わない訳？」

「全く」

「傲慢だなぁ。なんかさ、クラウスさん、敵を前にすると性格荒くなるよね」

「どちらかと言えば、これが僕の素《す》だよ」

「へぇ、普段は穏やかなのにね」

「教え子の前だからな」

「ふぅん。ねぇクラウスさん。良い機会じゃない？　この際ずっと言えなかった本音を明かしてみるのは、どう？　そっちの方がお互い気分よく動けそうだ」

「そうだな。思えば、お前と本音を交わし合ったことは多くない」

彼女らしい提案だった。

モニカとクラウスは同時に口にする。

「ねぇ、クソ教師。『焔《ほむら》』の下《した》っ端《ぱ》だった分際で『世界最強』名乗んなよ。ていうかキミより『鳳《おおとり》』の指導の方が二千倍、分かりやすかったよ。普通に無能なんじゃない？」

「お前はいちいち口が悪い。高慢で生意気な態度をとっているが、寂しさが隠しきれてないぞ？　思春期こじらせた捻《ひね》くれ者め。その性根を叩《たた》き直してやる」


それが闘いの火蓋を切った。

モニカは一発クラウスに向かって銃弾を放つと、ほぼ同時に後ろへ跳んだ。聖堂上部のアーチにワイヤーを引っかけ、大きくクラウスから距離を取る。

銃弾を避けたクラウスはナイフを構えたまま、相手の出方を待った。

（やはり正面からは挑んでこないか……）

接近戦ならば、クラウスは無類の強さを誇る。

それを知っているモニカが離れるのは必然だ。今後も容易に近づけさせてはくれないはずだ。銃撃戦になるに違いない。

だが、ここで大きな問題が発生する。

――クラウスは拳銃を用いる訳にはいかない。

日頃の訓練でもクラウスは決して拳銃は扱わなかった。

ナイフと違って、拳銃は基本、威力を抑えられない。物を吹っ飛ばして間接的に攻撃する手段を用いても、万が一の被弾はあり得る。

モニカの命を奪いかねない攻撃はできない。

もちろんかなりの難易度だ。相手は離れた場所から一方的に攻撃ができ、自分は遠距離攻撃の手段さえ持たないのだ。

圧倒的な才覚を持つモニカ相手に、そのハンデはあまりに大きすぎる。

――しかし、それでも今一度、彼女の教師として返り咲きたいのなら銃は使えない！

教え子に銃口を向ける教師などいない。

それはクラウスにとって、誰に教わるまでもない常識だった。

（……問題はその僕の甘さを、モニカは容赦なく利用してくることだな）

卑怯《ひきょう》とは思わない。

ターゲットの甘さに付け込むのは、クラウスが授けたことだ。そうでなくては困る。スパイに騎士道精神もスポーツマンシップも適用されない。

モニカはクラウスの届かない高さまで到達すると、聖堂の柱に足をかけた。

柱の彫刻の出っ張りに足をかける形で彼女は立ち、クラウスの方へ両手を伸ばしている。

人差し指と親指で直角を作り、両手で四角形を成していた。

子どもがお遊びで行うような、カメラのジェスチャーだった。

「……角度……距離……焦点……反射……速度……時間……」

何かを呟《つぶや》きながら、彼女がそっと口にする。

「コードネーム『緋蛟』――時間の限り愛し抱け」

カチ、とクラウスの右上部から音がした。

ほぼ反射的にしゃがみ込む。

直後に発砲音が轟《とどろ》き、クラウスの頭上を銃弾が通過した。隣の机の天板が破壊される。

銃弾はモニカとは異なる方向から飛んできた。

視線を送れば、教会の太い柱上部に何かが括《くく》り付けられている。

（――仕込み銃？）

どうやら小銃のようだ。銃が金具で柱に固定されている。

（……なるほど、やはり銃を仕掛けていたのか）

予想していなかった訳ではない。教会に入った時、硝煙の香りを嗅いだ時点で火器は察していた。

そして、よく小銃を観察すれば、歯車のような部品が取り付けられている。

カチ、と音を鳴らしたのは、あの部品のようだ。

（時間経過で作動するのか……数分に一発、放たれる銃弾のようだな）

そこまで分析を終えたところで、再びモニカを見る。

「これがお前の攻撃方法か？　意外だな。まさか僕を武力だけで抑える気か？」

「そうだよ」

モニカが静かに答えた時、また、カチ、と嫌な音がした。

正面の教壇からだ。割れた板の隙間から銃口が見えている。

「――っ！」

放たれた銃弾は、ナイフで弾いて後ろに逸《そ》らした。

「よく反応したね」モニカが笑う。「でも、まだだ」

今度は二つ続けて、カチ、カチ、と二方向から音が鳴った。

目視で確認するのは諦める。勘だけを頼りに右に跳んだ。銃弾はクラウスの肩スレスレを通過し、聖堂内の柱にめり込んだ。

「――っ、またか……」

柱に埋まった銃弾から、仕掛けられた小銃の位置を推測する。見えにくいが、聖堂の壁に括り付けられていたらしい。

その銃口は先ほど、クラウスがいた位置に向けられていた。

（……おかしい。モニカが動いている訳でもない）

彼女は聖堂の柱から動かない。

（なのに、なぜ事前に仕掛けた銃が僕に狙い澄ましたように飛んでくる？）

その理由は、クラウスが静かに聖堂内を観察した時に気がついた。

入ってきた時には分からなかった。クラウスには、巧妙に見えないよう計算されていたのだろう。光の加減でちょうど影になっていた。

だが立ち位置が変わったことで明らかとなる。

聖堂内に仕掛けられた小銃は、三丁や四丁ではなかった。

「……角度……距離……焦点……反射……速度……時間……」

呪文のように呟き続けるモニカを見る。

「まさか、お前……」

クラウスが問いかけると、彼女は静かに頷《うなず》いた。

「二百八十四丁――それが教会内にある、時限式特製小銃の数だ」

小銃はクラウスを狙っていた訳ではない。

偶然だった。二百八十四の小銃は、それぞれランダムの方向を狙っている。その一つや二つの射線上にたまたまクラウスがいただけ。

そして、モニカの言葉が正しければ、この二百八十四丁の小銃は――。

「この聖堂内に人が生きられる居場所はない」

その宣告と共に、銃弾の嵐が始まった。

カチカチカチ、と把握しきれない程の大量の音が鳴り始め、銃弾が放たれていく。聖堂の机や椅子を破壊していき、潜む場所も失われていく。怒濤《どとう》の破壊だった。全方位から飛来する弾丸が、空間を殺戮《さつりく》の場に変える。

絶え間なく響き渡る発砲音が教会を埋め尽くしていった。

クラウスはまず生き延びることに注力しなくてはならなかった。

銃弾の大半はクラウスとは全く無関係の方向へ消えていくが、数秒に一発や二発は確実に身体《からだ》に飛んでくる。唯一できるのは弾丸を見極め、ギリギリで回避すること。

身体を反らし、鼻先を通過する弾丸を避ける。直後腰を捻り、足元を抉《えぐ》るように来る弾から逃げる。

最悪、ナイフで弾くしかない。

左肩にぶつかりそうになった銃弾を、右手で握ったナイフで射線を変える。

銃弾弾《はじ》き——超一流のスパイが習得する技術ではあるが、実のところ緊急回避の技だ。できれば行使したくはない。一発弾くごとに手首にダメージが蓄積するのだ。

せいぜい連続で片手四発ずつ——八発が限度。

発砲の嵐がしばらく展開される。銃弾をまた弾く。

モニカの言葉に偽りはない。この聖堂に人が生きられる居場所はない。

「……お前も死ぬ気か？」

銃声が一瞬止《や》んだ時に問いかけると「そんな訳ないじゃん」と返事が戻ってきた。

「安心しなよ」モニカはふっと笑った。「ボクは全銃弾が見えているから」

クラウスにとっても、目を疑うような光景が展開される。

　モニカがふっと柱から身体を浮かし、地上に降りてきた。

　ずっと彼女が待機していた柱の上部。そこが唯一、銃弾が来ない場所かと思っていたが、そこにも銃弾が飛び、柱の飾りを破壊していった。

　銃弾が飛び交い続ける地獄のような聖堂内を、彼女は涼しい顔で歩き続けている。

　彼女の元には、たった一発たりとも銃弾は向かわない。

　全て把握しているようだ。銃の位置、角度、発砲の周期、全てを。

（……彼女の特技は『盗撮』だと把握していたんだがな）

　彼女をスカウトする際、養成学校の教員からそう知らされた。

　鏡の反射などを用いて、空間内のあらゆるものを盗み見ることができる、と。

　だが、それは彼女の一技術であって、能力そのものではない。

　モニカの本質――空間内全てを見通す計算能力。

「かかってきなよ、クラウスさん？」

　挑発的な笑みを向けられるが、踏み込んでいける状況ではない。

　死角から飛んできた銃弾を直感頼りに対応する。被弾寸前にナイフで弾いた。

　これで右手は四発弾いたことになる。右手が痺《しび》れ、しばらく使えない。ナイフを左手に持ち替える。

クラウスは微《かす》かな焦《あせ》りを抱き始めていた。

(……殺気が読めないのが面倒だな)

これが、人間が放っている銃弾ならまだ楽だ。

撃ち手の癖から、いくらでもタイミングや軌道を読むことができる。クラウスならば、適当に惑わしながら距離を詰め、一蹴できる。

だが機械的に放たれる小銃には、これまでの経験が通じない。

対クラウスに特化した手法だ。

もちろん時間をかければ、小銃の位置を覚えていくことも可能だが――。

(聖堂内を自由に動けるモニカは、銃口の向きを変えられる)

クラウスから距離を取るモニカは、仕掛けられた小銃に近づき、工具を用いて金具を調整。照準の修正を続けている。

数ミリ銃口をズラすだけで、射線は大きく変わる。

変化し続ける二百八十四丁の小銃の発砲頻度と射線。それらを銃弾の嵐にいながら完全に把握するのは、クラウスと言えど無理だった。

モニカと距離を詰めようとして、銃弾に遮られること十五度目。

左手のナイフで八発目の銃弾を弾き、再度、右手に持ち替える。後どれだけ手首が耐えられるのかは、もうクラウスにも把握できない。

モニカは聖堂を駆け、正面のアーチにワイヤーを引っかけ、その上まで浮かび上がる。


「ちょっと休憩」


一度、銃弾が止んだ。教会が静寂に包まれる。

何の時間だ、と思ったが、聖堂の天井付近にいるモニカを見て納得する。

彼女はアーチの上で息をついている。額には大量の汗が流れている。呼吸を整え、自嘲するような笑みを浮かべていた。

さすがに消耗しているらしい。

いくら銃弾全てを把握しているとしても、凄《すさ》まじい緊張には晒《さら》され続けているか。

だが、この隙に踏み込むのも躊躇《ためら》われた。クラウスもまた体力や気力を奪われている。

あの銃弾の雨がいつ再開するとも分からない。

「さすがだな」

クラウスは言葉をかけた。

「この短期間でここまでの銃を集めるとはな。『烽《ほう》火《か》連《れん》天《てん》』とやらの手助けか?」

「へぇ、もうそこまで掴《つか》んだんだ」

「中々にやってくれる。ここ最近闘った、どんな輩《やから》よりも厄介だ」

嘘偽《うそいつわ》りのない本音だった。『屍《しかばね》』や『紫蟻《むらさきあり》』、『ベリアス』の比ではない。単純な強さで立ち向かってくる相手では、クラウスの敵にさえなれない。

モニカは最も効果的な策を打ち続けている。

ここまで渡り合える相手と出会うのは久しいことだった。

「違うよ」

するとモニカは呆《あき》れたように笑った。

「クラウスさんが自分で難易度を上げているんだ。なんで逃げないの？」

「なんだ、逃がしてくれるのか？」

「まさか。でもクラウスさんが本気で実行しようと思えば、教会外へ出られるでしょ？」

「……そうだな」

銃弾結界ともいうべきモニカの戦術には、弱点がいくつかある。

一つは、小銃が仕掛けられた範囲から逃げれば無効化できる。今回の場合、教会の建物から出ればいい。銃弾の嵐の中で動き続けることに比べれば、ずっと楽な手段だ。

「どうせ攻略法だって思いついているだろう？」

モニカは言葉を続ける。

「クラウスさんも仕掛けている小銃の向きを変えていけばいい。いずれボクの計算外の銃弾が、ボクに命中する」

それも弱点の一つだろう。

モニカにできるのなら、クラウスもまた仕掛けられた銃口をズラせるはずだ。

「なぜしないの？」

「なんとなくだ」

「……クラウスさんらしい」

「ただ、そう感じるんだから仕方がない。今のお前から逃げることはしたくないな。小銃の向きを変える危険行為など論外だ」

これがガルガド帝国のスパイ相手だったら躊躇《ちゅうちょ》なく実行した。

けれど、クラウスの価値観はそれを是《ぜ》としない。

「強いて言うなら、僕はお前の教師だからじゃないか？」

自身の人生で師とも言うべき存在は六人いる。

格闘術を授けてくれた一番の師『炬光《きょこう》』のギード、スパイとしての精神を授けた『紅炉《こうろ》』のフェロニカ。射撃技術は『炮烙《ほうらく》』のゲルデ、工作術は『煤煙《ばいえん》』のルーカス、交渉術は『灼骨《しゃくこつ》』のヴィレ、芸術や料理などの技能は『煽惑《せんわく》』のハイジ。

彼らならば、クラウスと同じ選択をするはずだ。

「確かに僕は教師としては未熟だ。お前のことを常に見ていたとは言い難《がた》いし、指導だって全く上手くならない。けれど教師としての誇りくらいはあるさ」

彼女をハッキリと見据えた。

「僕は、お前たちから逃げたことは一度もない。いつだって正面からぶつかってきた」

モニカはクラウスの視線から逃れるように「そうだね」と呟《つぶや》き、後ろに跳んだ。

「じゃあ、このまま死んでくれる？」

銃弾の嵐が再開される。

教会に仕掛けられたいくつもの小銃が同時に火を噴き始める。無差別に至近距離で飛び交う銃弾を全て避けるのは、至難の業。

限界まで神経を研ぎ澄ませ、被弾する寸前で身体を捻《ひね》る。

銃弾の量は先ほどよりも増しているように感じられた。そのように調整していたようだ。

弾薬が尽きる頃には、クラウスかモニカ、どちらかの死体が転がっているだろう。

モニカが死力を尽くした策——時限式小銃結界。

これを打ち破るには、クラウスもまた覚悟を決めねばならなかった。

「なぁ、モニカ。それでも僕は死ぬ訳にはいかないんだよ」

彼女を見定め、はっきりと口にする。

「ところで――このお遊びにはいつまで付き合えばいい？」

ワイヤーで移動し、空中に浮いていたモニカが息を呑《の》んだ。

クラウスが取った選択肢は、シンプルなものだった。

全速力の直線疾走。モニカまでの二十メートルの距離を、彼女が反応する間を与えずにまっすぐ駆け抜ける。

モニカはまるで予想しなかったらしい。反応が遅れている。

（――予想できるはずもないさ）

彼女の心中を察した。

（お前は全銃弾を把握できている。ならば、その銃弾に当たるように突っ込んでくる愚か者など想定していないはずだ）

空中にいたモニカは反転が間に合わなかった。

その首を正面から捕まえ、勢いのままに走り抜ける。聖堂の正面にあるステンドグラスを彼女の背中で叩《たた》き割り、教会の外まで飛び出した。

小銃の範囲からの突破に成功する。

赤、青、黄、緑、四色のステンドグラスが日の光に当たって、煌《きら》めいた。

「なんで……？」

雨のように降るガラスの中で唖然《あぜん》としたようにモニカが呻《うめ》いていた。

地上に降り立ったところで、モニカの首から手を離した。彼女は地面に倒れ、苦しそうに咳《せき》を漏らした。喉を強く圧迫された苦しみだろう。

その上で強く睨《にら》みつけてくる。

「……なんで銃弾が当たらず真《ま》っ直《す》ぐ？」

「いや——」クラウスが左の太腿《ふともも》を叩いた。「当然、命中したさ」

「は？」

モニカは目を剝《む》いた。

クラウスの左脚から赤い血が溢《あふ》れ出した。銀色の弾丸が大腿骨《だいたいこつ》に刺さり、貫通することなく肉に埋め込まれている。

「数発当たることは想定していた。もちろん急所は防いでいたがな」

「————っ‼」

重要な臓器や頭部を回避すれば、致命傷はあり得ないと判断した。

被弾したのは三発。右の肩、右手を掠《かす》める程度。左腿《ひだりもも》には直撃。

爪を用いて、左腿に当たった銃弾を摘出する。シャツの一部をナイフで裂き、包帯代わりに巻き付ける。幸い骨には異常がないようだ。筋肉で受け止めるギードの技術が役に立った。が、しばらくは全力で動けないだろう。

これほどの怪我《けが》を負うのは久しいことだった。

「バカじゃないの……？」

モニカは地面に倒れたまま、唇を震わせる。

「だったら逃げればいい。あるいはボクを殺す覚悟で――」

「その問いについては既に答えた」

「………っ」

モニカの目が見開かれる。

教会のすぐ裏手には、倉庫が建っていた。祭事で用いるものを収納するであろう、煉瓦《れんが》造りの倉庫。

クラウスたちがいるのは、倉庫と教会の間だ。人の気配はない。

ようやくまともに話ができそうな環境が整えられた。

「モニカ、お前の裏切りについては大体真相は察しているさ」

まだ苦しそうに蹲《うずくま》るモニカの前に、クラウスは膝をついた。

モニカは唇を噛《か》んで見上げる。

「……じゃあ当ててみてよ」

「リリィのためだろう？　ダリン皇太子の暗殺容疑が、次は彼女に着せられる。そう『蛇《へび》』の何者かに脅された。違うか？」

並大抵の理由では、彼女は裏切らない。そして単純にリリィの命が危ないという程度ならば、即刻自分に相談したはずだ。高度な政治的判断を求められる問題しかない。『鳳』の一件を考慮すれば、答えを推測することはできた。

モニカは息を吐いた。正解らしい。

「……だとしたらクラウスさんは、どうするのさ」

「ＣＩＭを潰す」

クラウスは間髪いれずに告げた。

「たとえ『蛇』に操られた結果であろうと、僕の仲間を狙うなら一切容赦しない」

もちろん、どういう意味かは分かっている。

その選択は自国に危機が降りかかるリスクを孕《はら》む。だが、やり方はいくらでもある。リリィを差し出してまで、戦闘を回避しようなどとは微塵《みじん》も思わない。

その選択に『灯』の仲間も賛同してくれるはずだ。

「…………」

モニカは顔を伏せ、黙りこんだ。

クラウスはその頭に優しく手を乗せた。

「だから戻ってこい、モニカ。もう一度『灯』へ」

細かな相談は後ですればいい。

彼女を連れ戻すことが先決だ。このまま『蛇』に呑み込まれてしまう前に。

「クラウスさん」モニカが顔をあげ、クラウスの手を優しく払った。「――断るよ」

珍しい光景に目を奪われ、思わず思考を止める。

モニカは穏やかな微笑《ほほえ》みを浮かべていた。泣きそうにも見えたし、嬉《うれ》しそうにも見えた。

割れたステンドグラスが歪《いびつ》な反射を見せ、彼女の顔を照らしている。

クラウスには分かった。その笑みは、何かを諦めた者が見せる表情。

不気味な発想が頭をもたげる。

彼女にしかできず、彼女ならば実行しかねない、究極の手法を。

「お前、もしかして……」

「ようやく目を合わせられたね、ボクたち。でも、もう手遅れなんだ」

止めなくてはならない。たとえ彼女の両足を折ってでも彼女を捕らえる必要があった。

だが先にモニカが動いていた。

「性格を把握しているのはお互い様だよ、クラウスさん？」

嘲るように口にして、教会の上を指さした。

十字架に人が縛り付けられている。目を塞がれ、猿ぐつわもされていた。入ってくる時には気づかなかった。巧妙に隠されていた。

グレーテが十字架に、磔にされていた。

そして、その十字架がゆっくり傾き始めていた。根本で折られている。グレーテの身体《からだ》ごと、二十メートルはあるであろう高さから墜落しようとしていた。

「助けなよ。監禁した場所も見ただろう？　彼女は大分弱っている」

モニカは冷ややかな口調で言った。

「――このままじゃグレーテが死ぬよ？」

このための人質か、と納得する暇もない。

モニカに背を向け、全力で駆け出した。モニカの声音からは並々ならぬ真実味が察せられた。本当にグレーテが死にかねない。

背中から寂し気なモニカの声が届いた。

「さようなら、クラウスさん。グレーテとお健やかに」

左脚の傷口が深まる痛みを堪《こら》えつつ、クラウスは教会の壁を蹴り上げた。空中へ躍り出ると、グレーテを縛る縄を断ち切った。そのままグレーテを受け止め、抱きかかえる。

「……ボス」

着地して目隠しと猿ぐつわを外すと、彼女のか細い声が聞こえる。そして弱々しい力で、クラウスの腕を摑《つか》み、胸に顔を埋《うず》めてきた。

幸い命に別状はないようだ。その事実に安堵《あんど》した後で、後ろへ振り向く。

しかし、既に見える範囲でモニカの姿は消えていた。

◇◇◇

グレーテはかなり痩せ細っていた。衰弱するようにグッタリとしている。命の危機に晒《さら》され、気が休まる暇などなかったのだろう。怯《おび》えるようにクラウスの腕を摑んだまま、決して離れようとしなかった。心なしか幼さを感じられる。

彼女をここまで追い詰めるという過激な手段に、モニカの覚悟の深さが見え、言葉が出てこなかった。

「先生っ！」「ボスっ！」「せんせい」

やがて教会には他の少女たちが続々とやってきた。

エルナが連絡を取ってくれたらしい。彼女と共にリリィ、ジビアが駆け付けて、クラウスの怪我に驚いた後、グレーテの姿を見つけ、胸を撫《な》でおろしている。

「ティアは？」と尋ねると、リリィが「どこかに潜入中らしいです」と答えてくれる。

やはりか、と考える。推測は間違っていなかったようだ。

「モニカお姉ちゃんは……？」エルナが不安そうに尋ねてくる。

「すまない、逃げられた」

クラウスは短く答えた。

少女たちは顔を強張《こわば》らせる。信じられないかのように。

「申し訳ないな」

「あ、いや」リリィが手を振る。「先生ができないなら、それはもう仕方ないですよ」

「いや、そうじゃない。こんな可能性を見落としていた事実を恥じているんだ」

諦めたようなモニカの笑顔を見た時、全ての真相を察した。

「いや、これも部下の成長として喜ぶべきか。お前たちはいつだって驚かせてくれる」

「……？　一体先生は何に気づいたんです？」

「裏切り者はモニカだけではなかったんだ」

かつて少女たちに教えられたか。『クラウスを欺きたければ、接触を避けるしかない』と。それが彼女たちの共通認識。

ならば、クラウスから積極的に離れたがっていた少女は、その時点で疑うべきだった。

一人いたではないか。十分に活動でき、クラウスへの報告は他の仲間に任せ、裏社会で暗躍をし続けている少女。

唖然とする部下たちにクラウスは明かす。

「――ティアも『灯』を裏切っている」

8章　氷刃《ひょうじん》④

目の前にはカッシャード人形工房があった。

建物内にいるのは極数名。グレーテ、エルナ、アネット、ティア、アメリ、『蓮華人形《れんげにんぎょう》』。他の『ベリアス』のメンバーは全て拘束されて、『灯《ともしび》』の少女たちが『ベリアス』が所持する資料を分析しているところだった。

これからモニカは仲間を襲撃しなければならない。

翠蝶《みどりちょう》は弾んだ声音で口にする。

「じゃあ、とりあえず始めてくれるぅ？　緋蛟ちゃん」

言葉こそ楽し気であるが、態度の裏には有無を言わさない威圧があった。先ほど名付けられた『緋蛟』という名をやけに強調してくる。

小さく息をつき、モニカは拳銃を握りしめる。

「あぁ、殺しはしなくていいから」

翠蝶が小さく手を振った。

モニカにとっては都合のいい注文。不思議に思っていると、翠蝶は苦笑する。

「アナタが仲間を殺せば、燎火《かがりび》はアナタを殺すことに躊躇《ちゅうちょ》しなくなるでしょうね。そうなったら、さすがに分が悪いでしょう？」

なるほど、と感じる。やはり『蛇《へび》』はクラウスの性格を把握している。

「……あくまでクラウスさんの弱味に付け込む訳か」

「そう、迷わせたいの。限界までね」

おそらく裏切りが発覚しても、クラウスはモニカを直ちに殺さない。甘い男なのだ。自身を裏切った師匠も、結局自ら殺せなかったという。

だがモニカが他の少女を殺した場合、クラウスは冷徹な判断を下すはずだ。

そのギリギリの綱渡りを続けることで、クラウスを消耗させ、勝率を一パーセントでも増やす算段か。

翠蝶は「でも覚悟は見せてほしいなぁ」と嗜虐《しぎゃく》的に笑う。

さすがに中途半端《ちゅうとはんぱ》な襲撃で終わらせる気はないようだ。

「――最低一人は半殺しにしてくれる？」

無言のままで頷《うなず》いた。

当然、覚悟していたことだった。

「ついでに一人くらい人質として攫《さら》ってほしいかな。燎火が更に焦《あせ》るような、お姫様を」

「……本当にクラウスさんが嫌がることを知り尽くしているね」

「だってミィはそういうの大好きだからぁ」

翠蝶はモニカの耳元で囁《ささや》いた。

「逆らえば、『花園《はなぞの》』のリリィの命はない。常に見張られていることを忘れないでね」

襲撃には、翠蝶もついてくるらしい。

半端《はんぱ》な誤魔化しは効かない。身体に仕込まれた盗聴器はいまだ外されない。おそらく優れた観察眼を持つであろう彼女を欺くのは至難の業だ。

これはテストだ。

覚悟を見せろ、と翠蝶は口にした。モニカが本当に『灯』を裏切るかどうかを見極めるための襲撃。彼女の信頼を勝ち取るためには、一抹のミスも許されない。

——究極の騙《だま》し合いが始まる。

「行け」翠蝶が口にした。「緋蛟《あかみずち》よ、純黒の悪夢を衆愚に刻み込め!」

その短い号令の後、モニカはビル屋上から身を躍らせた。

カッシャード人形工房の前に降り、正面玄関から飛び込んでいく。翠蝶もまたモニカの背後についてくる。

取り出した小刀を手の中で回し、強く握りしめる。

正面の応接室にはグレーテがいた。資料を抱えて立つ彼女は振り返り、訝《いぶか》し気に首を傾《かし》げる。

「モニカさん……？」

彼女は口にする。

「……一体どこにいたのですか？　それになぜ、武器を――」

言葉を言い終える暇さえ与えない。

モニカが強く床を踏み込むと、彼女の胸元を強く小刀の柄で殴った。グレーテの身体から力が抜け前のめりになると同時に予《あらかじ》め用意していた血糊《ちのり》の入った瓶を、彼女の背中に押し付け、脇の間に挟む。

瓶から零《こぼ》れた血が、小刀の刃《やいば》に付着する。

（違う……っ！）

込み上げる胸糞悪《むなくそわる》い感情に、モニカは舌打ちをする。

グレーテは戸惑いの声さえあげられずに気を失った。

輸血用の血の入った瓶を脇に抱えたまま、彼女は横向きに倒れる。まるで背中を大きく斬られたように血が広がっていった。

モニカの偽装に、翠蝶は不服そうに口の端を曲げた。

「甘いなぁ。ま、後で誘拐することも考えると、あんまり傷つけちゃうと面倒だしね。それだけ血が広がれば、燎火を戸惑わせるにも十分か」

翠蝶が釘《くぎ》を刺してくる。

「でも次の奴《やつ》は——本気で襲ってくれる？」

モニカは答えなかった。返答はどのみち行動で示すしかなかった。

その直後、応接室の入り口で何かが落ちる音がした。

エルナだった。書類を取り落とした彼女は顔を白くさせ、血だまりに倒れるグレーテと、そのそばで血の滴《したた》る小刀を握るモニカを交互に見つめる。

「モニカお姉ちゃん……？」

今にも泣きそうな表情だった。

モニカは床を蹴りつけ、一気にエルナとの距離を詰める。ワンテンポ遅れてエルナが取り出した拳銃を小刀で打ち払い、丸腰になった彼女の前に立つ。

顔を白くさせ、エルナが絶望した顔で見上げている。

（違う、キミじゃない……っ‼）

その腹部を蹴り上げる。

彼女の口元から涎《よだれ》が漏れ、生暖かい液体が足に付着する。

エルナの身体《からだ》は軽く、簡単に後方へ転がっていった。

だが、彼女は反射的に後ろへ跳ぶことで、衝撃を殺していたらしい。すぐに起き上がり、廊下へ逃げていく。去り際に見せた表情には、得体の知れない悪魔を見るような、恐怖の色が見てとれた。

モニカは小刀を握り、エルナを追いかけた。

右手には、グレーテを殴った感触が残っていた。

左足には、エルナを蹴り上げた感触が残っていた。

頭の中で轟音《ごうおん》が鳴り響いていた。金属同士が激しくぶつかり、壊れていくような音がやまない。こみ上げてくる吐き気に身を委ねられたら、どれほど楽か。

翠蝶が興奮した顔で「逃がしちゃダメだよぉ。早く追い詰めて」と煽《あお》ってくる。

その声に突き動かされるように廊下を駆ける。

仲間を裏切ること。これまで築き上げた思い出を自らの手で破壊していく行為は、自分自身を壊していくことに他ならなかった。その崩れていくものが激しい耳鳴りを生みだし、視界から色が失われていく。

けれど、覚悟していたことだ。

己が守ると決めた信念を貫くために、修羅の道を進まねばならない。

「モニカ――ッ‼」

空気を切り裂くような、ヒステリックな声が聞こえた。

一階の廊下の中央でティアが立っていた。目を吊《つ》り上げ、声を荒らげている。

「エルナに何したの――！　その小刀の血は――！」

翠蝶が冷めた声で「黙らせて」と命じた。

そう命じられる前に、モニカは動いている。小刀を握りこみ飛び掛かった。

ティアは逃げようとし、足をもつれさせたらしい。無様に転倒する。

モニカは彼女の腹を強く踏みつけた。そのまま馬乗りの体勢に移行し、苦しそうな面持ちのティアを見下ろす。その歪《ゆが》んだ顔の喉元に向け、小刀を振り下ろす。

刃先が首筋に当たる寸前、ティアはモニカの両手を受け止めた。

「……どうして……モニカ……？」

涙ながらに彼女が訴える。

ナイフを下ろそうとするモニカと、それを押しとどめるティアとの間で力比べとなる。

膠着《こうちゃく》状態となるが、それも一瞬のことだ。パワーではモニカが勝る。

少しずつ刃先がティアの喉元に向かう。

「なんで、アナタが……？」

漏れ続けるティアの問いにモニカは答える訳にはいかない。

背後から翠蝶の視線を感じる。

――モニカは何も口にすることができない。

――助けてほしい、という声さえ出せない。

指文字だろうと暗号文だろうと、それを残す挙動一つ見せれば、翠蝶はモニカを信頼しなくなる。彼女の裏切りを諦め、リリィを嵌《は》めるようＣＩＭに仕向ける。

たった一文字であろうと、本音を明かせない。モニカは命じられるがままに動く。

それこそ翠蝶が作り出している悪夢。

『緋蛟』と名付けられた少女が拵った策略。

けれど、と彼女は祈るように小刀に力を籠める。

（――『灯』には一人いる）

襲撃を始めてから、ずっとモニカは探し続けていた。

仲間を攻撃する度に、違う、と心で叫びながら。

ティアの身体に覆い被《かぶ》さるようにして、視線を合わせる。

（言葉を交わさずとも願望を読み取ってくれる存在――‼）

ディン共和国のスパイ情報を網羅する『蛇』の唯一の攻略法。

情報が漏れることのなかった、養成学校の落ちこぼれたちの特技。それに懸けることこそが、この悪夢を突破する糸口となる。

『灯』の少女ならば、当然知っていることだ。

『夢語《ゆめがたり》』のティアは――相手と見つめ合うことで願望を読み取れる！

彼女は迷うことなく、その力を行使したようだ。目が見開かれる。今の彼女の立場ならば、当然の行動。

ほんの僅かティアの表情が柔らかくなった。

【――あぁ、そういうこと】

ふと言葉が脳裏に響いた。

幻聴のように感じられた。だがティアの瞳を見つめていると、自然と声が流れてくる。対話能力に長《た》けた彼女の力なのか。あるいは、これまで共にした訓練の産物か。

ティアの瞳は雄弁に語りかけてくる。

【……ねぇ、モニカ。私の力は決して心の全てを見透かす訳じゃない。アナタが一体、何

に苦しんでいるのか、その全ては分からない。ほんの一部だけよ】

彼女の指に力が籠る。

【アナタはその恋のため、たった一人で強大な敵に立ち向かおうとしているのね】

伝わった。モニカの窮状を的確に読み解いた。

モニカとティアの押し合いの体勢は変わりない。翠蝶からは、モニカが殺しにかかっているようにしか見えないはずだ。

【いつの日にか、アナタは私の裏切りを支えてくれた】

アネットの母親にまつわる騒動のことだろう。その時も、ティアとモニカは闘い、そして視線を重ねた。今モニカたちが行っているのは、その再現だ。

【今度は私がアナタと一緒に『灯』を裏切る。敵をも救うのが『夢語』の信念よ】

甘すぎる考えを、今は笑う気になれない。

多くの時間は残されていなかった。声によるコミュニケーションよりもずっと早い情報伝達が成されているが、長時間見つめ合っていれば、翠蝶に不信感を持たれてしまう。

その焦りを察したようにティアは目で訴える。

【私の腕を折りなさい。そんな演技が必要なんでしょう?】

冗談めかすように彼女の目が細まる。

【でも、跡が残らないようお願いするわね】

モニカは一度退くと、小刀を返し、服の上からティアの二の腕をへし折った。その上で彼女の横腹を思い切り、蹴り飛ばす。

ティアは無様に床へ転がる。やがて右腕を苦しそうに押さえ、蹲《うずくま》った。

「いい感じ」

翠蝶の機嫌の良さそうな態度は変わらない。モニカたちの言語を交わさない密談には気づいていないようだ。

「でもさぁ、そろそろ一人くらい半殺しにして欲しいなぁ」

だが確実にモニカへの脅迫は続けてくる。

彼女の課題は――一人以上の半殺し。それを誤魔化すのは、さすがに無理だ。

誰を狙うかは既に定めていた。

(……これも良い機会かもしれない。最大限、利用するだけだ)

モニカは廊下を先に進む。相手は二階にいるようだ。

(――今のボクだけにしかできないこと)

二階に繋《つな》がる階段の付近では、アメリと『蓮華人形』が目を見開いて固まっている。

「なんでアナタが……」譫言《うわごと》のように漏らすアメリ。

「邪魔」モニカは短く吐き捨て、彼女たちにも飛び掛かる。

アメリたちは襲う対象ではないが、後にグレーテを誘拐することを考えると建物から追い払っておきたい。素早く両者の頬を小刀の柄で殴り二階へ向かった。

翠蝶はアメリとは会いたくないのか、別の階段を使い、二階に辿《たど》り着いていた。

階段を上った奥にある、工房に向かう。

工具や旋盤が並ぶ部屋で、標的の少女は笑っていた。怯《おび》えるエルナを背中に隠し、中央の机の上に座って足をぶらぶらとさせている。

「エルナちゃんから聞きましたよ」

アネットが笑っていた。

「――モニカの姉貴っ、頭でも打ちましたかっ？」

普段通りの無垢《むく》な笑みに、どこか好戦的な感情が見え隠れしていた。目の前にいるのは年端《としは》も行かない少女であるはずなのに、なぜか恐ろしく邪悪な気配を感じる。

これが彼女の本性か、と冷静に受け止める。

「気づいてるよ」モニカは告げた。

「ん?」

「キミさ、マティルダさんを暗殺しただろ?」

「…………」

『屍《しかばね》』摘発任務後に出会ったアネットの母親を名乗る女性——マティルダ。国外逃亡を幇助《ほうじょ》する目的で動いていた時、アネットの挙動はおかしかった。

彼女は微《かす》かに目を丸くした後、小さく舌を出した。

「あぁ、そういえば姉貴。そんな素振りを見せていましたっけ?」

「キミの本性は察している。仲間に隠れて面倒事を任せて、自分だけムカつくやつを楽しく殺し回るっていうのは、随分と素敵なポジションじゃないか」

他の少女たちが見抜いていない彼女の本質を察していた。

——純粋悪の暗殺者。

クラウスが『灯』に仕込んだジョーカーだ。

その存在にモニカは一つ疑問を感じていた。己の仕事を果たしてこそいるが、彼女の精神はあまりに自由奔放すぎる。クラウスは認めているが、これでいいのか。

アネットは挫折を知らない。

モニカのように苦汁を飲まされたことがない。ゆえに潜在能力を眠らせ続けている。

——アネットの本来の才覚は今のレベルではない。

そして今のモニカならば、彼女に挫折を与え、成長を促してやれる。彼女が乗り越えるべき障害になってやれる。

「かかってこい。ボクが再教育してやるよ、ク、ソ、チ、ビ」

その言葉がトリガーとなった。

アネットの身体《からだ》が弾《はじ》かれるように動いた。身体を捻《ひね》りながら机の上から降りる。ふわりとスカートが舞い、そこから、百足《むかで》のような怪しい機械がいくつも零《こぼ》れる。

「コードネーム『忘我《ぼうが》』——組み上げる時間にしましょうっ!」

「遅すぎ」

道具を用いる隙など与えない。アネットが長けているのは無垢を装《よそお》った暗殺。格闘はむしろ不得意だ。正面からの争いで後れを取る道理はない。

リモコンを握るアネットの手を小刀の峰で打つ。その後足元に群がる機械を残らず蹴りで払い、壁に叩《たた》きつける。

百足の機械には小型爆弾が仕込まれていたようだ。衝撃で爆発し、一帯の壁に火の手が回る。爆弾の破片がアネットとエルナの頭部に当たり、二人は倒れていった。

「……っ」

気絶し動かなくなるエルナを、アネットは呆然《ぼうぜん》と見つめている。やがて額から流れる血を拭って立ち上がり、スカートから鉄の棒のような機械を取り出した。無表情の、黒い穴のような瞳でモニカを睨みつける。

だが彼女の今更な全力などモニカにとって恐るるに足りない。

工房に回り始めた火を観察する。

そろそろ引き上げなければならない。まだこの場にはいないようだが、クラウスが駆け込んでくる可能性があるし、気絶させたグレーテを回収する必要がある。

翠蝶は小さく「やれ」と述べた。

立ち尽くすアネットに、冷たく「刻み込めよ」と告げた。「どれだけ殺したい相手が目の前にいても何もできない——底なしの無力感を」

モニカが横に振るった小刀はアネットのあばら骨を破壊した。

強く吹っ飛ばされた彼女は壁にぶつかり、口から血を吐きながら意識を失った。

(彼女が目を覚ました時、その隣には仲間がいるはずだ)

うまく慰めてくれるだろう。初めての挫折を味わい、身体の痛みを解消する術《すべ》もなく、苦悩する彼女を優しく導くだろう。

——アネットの成長は『灯』の大きな力となるはずだ。

自分はそれを信じて、嫌われ役に徹すればいい。

火の手が次第に大きくなっていた。翠蝶が何か軽口を叩いている。それを無視していると、背後で人の気配がした。

「――――っ」

工房の入り口でリリィとジビアが白い顔でこちらを見つめていた。ちょうどアネットを襲ったタイミングでやってきたらしい。

視線を合わす気にはなれず、そっと翠蝶へ足の先を向ける。フロアに灯油の入った瓶を投擲《とうてき》し、リリィたちとの間を炎で分断する。

「――――ごめん」

燃え盛っていく炎の中、その呟《つぶや》きだけを残してモニカの襲撃は完遂した。

その襲撃を、翠蝶は「パーフェクト」と評価した。

かくして彼女から一定の信頼を得ることに成功する。

だが、依然としてリリィが人質に取られている状況に変化はなかった。それに加え、今度はクラウスから本気で追われるというリスクを負う。捕まればリリィが危うい。

計画を次に進める必要があった。

◇◇◇

翠蝶は終始モニカのそばにいた訳ではなかった。

モニカにはまだ明かせない『蛇』の仕事を遂行しているらしい。後にミア＝ゴドルフィンという女性の殺害だと知るが、残念ながら止められる余裕はなかった。

そばにいない代わりに、見張りは付けられていた。街のどこにいても、常に視線を感じていた。だが、見張りがあまり優秀でないのはバレバレの気配から見て取れた。

襲撃翌日の夜、モニカは顔をフードで隠しながらヒューロ路地の小さなコーヒーショップにいた。苦いコーヒーを口に含みながら、相手が来るのを待った。

ダリン皇太子の暗殺が報じられ、動乱する街は身を隠すには好都合だった。

店が混みあい始めた頃、変装を施したティアが二つ隣の席に座った。

他人に丸々入れ替われるグレーテ程、優れた変装ではない。だが髪を縛り、厚い化粧をしているせいで十分に別人には見える。

《モニカ、答えなさい》

指で机を叩く振動のみで会話をする。
数ある『灯』のコミュニケーション方法の一つだ。拙い見張り程度なら欺ける。
《なんでアネットを襲ったの？　あそこまでする必要はあったの？》
《アイツには指導が必要だった。もう一つは、キミだ》
指先だけでも感情豊かに言葉をぶつけてくるティアを宥《なだ》める。
《どういうこと？》
《クラウスさんに不審がられないよう、キミがボクの捜索に志願する必要があった。結果的にキミは本心からボクに会いたい演技ができた》
不服そうにティアが顔をしかめる。
モニカが気にしたのは、襲撃直後にティアがクラウスを欺けるか、という問題だった。本心からモニカに怒る演技をしてもらうためにもアネットを襲う必要があった。
口論になりそうな気配を察して、先んじて告げる。
《モテンネ公園の植え込みにキミにやってほしいリストを用意した。任せた》
モニカはマスターを呼び、会計を頼んだ。
まだ話し足りなそうにティアが眉をひそめる。
《……クラウス先生にはバレてはいけないのね》

《あぁ。ある事情からクラウスさんには明かせない》

《どういう事情よ……？》

《キミにも言えない》

必要以上に会話をすれば、さすがに見張りが察してしまうかもしれない。

端的に切り上げ、モニカは最後に伝える。

《任せたよ。キミだけが頼りなんだ》

ティアの表情を見ることなく、店を去った。

◇◇◇

翠蝶が用意した隠れ家に戻る。

ヒューロ中心部にある、メインストリートから一本奥に入った路地にあるビルだ。一階は飲食店、二階は法律事務所、四階は劇団の稽古場となっており、モニカに充《あ》てられたのは、その三階。

ビルのオーナーは親帝国派なのか、翠蝶とも通じているようだ。細かくは教えられなかったが、好きに使え、と言われていた。

かつては不動産屋の事務所があったらしいが、今はぽっかりと何もない。机の跡が残る木造の床のフロアだ。四階から発声練習を行う劇団員の声が微かに聞こえてくる。

隠れ家の奥には、一人の少女が両手を縛られ横たわっていた。

どうやら目を覚ましたらしい。ぼんやりとした眼《め》を向けてくる。

「……モニカさん」

「グレーテ、ごめんね」

買ってきたミネラルウォーターの瓶を口元へ差し出した。

「分かっているとは思うけど、キミは軽傷だ。服についているのは、キミ自身の血じゃない。ここに誘拐させてもらった」

彼女の服に染《し》み付いた血が、床にシミを作っていた。

グレーテは水を飲もうとしないまま、多くの質問をぶつけてきた。「なぜ攻撃したのか」「『灯』を裏切ったのか」等《など》の問いを冷静に順序だてて。その大半はモニカが答える訳にはいかなかったが。

しかし、その問答の中でグレーテは大体のことを察したらしい。

「これだけは答えてくれませんか？」

彼女はあくまで穏やかに尋ねてくる。

「なんのために、わたくしを攫《さら》ったんです……？」

「多分変装用のマスクを作ってもらうことになる。いずれ指示を出すよ」

これもまだ詳細は明かさなかった。

どこで翠蝶が盗み聞きしているか、不明だ。折りを見て伝える予定だった。

「まぁ、やっぱり一番の目的はクラウスさん対策だけどね」

モニカは肩を竦《すく》め、グレーテが口にしなかった水を飲んだ。

「これからボクはクラウスさんと闘うことになる。確実に負けるだろうね。だから逃げる手段がいる。ごめん、グレーテ。悪いけどキミをしばらく監禁するし、衰弱させる。そうすれば、クラウスさんは土壇場《どたんば》で、ボクの確保よりキミの救助を優先するだろう」

グレーテは不思議そうに首を捻った。

「ボスを狼狽《ろうばい》させるだけなら、それこそ誰でもよかったように思いますが……」

「なにそれ。もしかして自覚ないの？」

薄い笑みを零していた。

「クラウスさんが一番愛しているメンバーはキミだよ、グレーテ」

グレーテの目が見開かれる。

その反応で、本当に自覚がなかったのか、と呆《あき》れがこみ上げてきた。

「案外捨てたもんじゃないよ、キミの恋も」とからかってみせる。

もちろん表面上、クラウスが部下を特別扱いすることはない。本人も全員、平等に接しているつもりのはずだ。

それでもモニカには分かっていた。

クラウスが他の少女たちに向ける感情と、グレーテに向ける感情は微《かす》かに異なる。恋愛感情とは異なるが、より穏やかで温かみのある色味を含んでいる。

「……ホント羨ましい」モニカは目を背ける。

「え？」

「前も言わなかった？　ボクは恋愛に一途《いちず》な人間を見ると、嫉妬しちゃう体質なんだ」

いつ見ても眩《まぶ》しく感じられる。

自分もここまでひたむきな恋ができたら、どれほど良かったか。

「…………っ」

グレーテは一瞬、泣き出しそうな表情になった。

聡《さと》い彼女はモニカの秘密を察したのかもしれない。最早《もはや》それでも構わなかった。彼女ならば、この秘密を墓場まで持っていってくれるだろう。

彼女は唇を噛《か》み、まっすぐ視線をぶつけてくる。

「モニカさん」熱のこもった声だった。「わたくしの変装を解いてくれませんか……？」

「変装？　どういう意味で――」

尋ね返すが、グレーテは何も答えなかった。説明不要と言わんばかりに。

今のグレーテは何も変装など行っていないように見える。

肌寒いものを感じ取る。

まさか、と感じながら、グレーテの顔に手を伸ばした。肌に触れただけでは、まだ分からない。が、爪を立てると強い違和感が生じる。彼女の顔を覆うのは変装用のマスクだ。

息を止め、マスクを奪い取る。

――仲間にも見せない、グレーテの秘密。

彼女の顔の左半分は醜い痣で覆われていた。

「……っ」

至近距離で見つめ、思わず呻《うめ》き声が漏れた。

お世辞にも綺麗《きれい》とは言えない、彼女の顔に似つかわしくない痣《あざ》だった。本能的に嫌悪《けんお》感を抱いてしまうほどの。

そのモニカの反応を見て、グレーテが諭すような口調で語り掛けてきた。

「これでも、わたくしのことを羨ましいと言えますか？」

言える訳がなかった。

自分がいかに浅慮だったか思い知らされ、口を噤《つぐ》む。

「ボスは、この素顔を受け入れてくれたのです」

「……そうだね。あの人なら、そうだろう」

「ええ。では、モニカさんの想《おも》い人はどうでしょうか？」

グレーテは淀《よど》みなく言葉を続けた。

「わたくしはその方が誰かは知りません……ですが、モニカさんの心を酷《ひど》く拒絶するほど狭量《きょうりょう》な方なんでしょうか……？　伝わるはずがない、と勝手に決めつけ、諦めているだけではないですか？」

言葉の一つ一つが深く突き刺さった。

嫌でも想像してしまう。

自分の本心をリリィに打ち明ける未来——そして、グレーテの痣を受け入れたクラウスのように、彼女がモニカの心を受け入れてくれる光景。

頭にあふれる儚《はかな》い幻想を、首を横に振って追い払う。

「……伝えてどうするの？」

「少なくとも、この事態を避けられたかもしれません」

思わず笑いが漏れた。

「ぐぅの音も出ないね」

「全てを一人で背負おうとしないでください……どうか……」

「もう手遅れだよ」自嘲するようにモニカは頷《うなず》いた。「でもありがとね、グレーテ」

彼女は尚《なお》、縋《すが》るような瞳を向けてくる。

モニカは剝ぎ取った彼女のマスクを丁寧に戻そうとした。その痣が再び人目に触れぬよう、ぴったりと指で押し付ける。

だが一度剝がしたマスクは元に戻らない。「後で別のものを用意するからね」と伝えて、グレーテから剝がしたマスクをそっと床に置いた。

「本音を伝えるのが恐《こわ》いんだ」

彼女の痣を見ながら囁《ささや》いた。

「けど仕方ないじゃないか。憂虞が蔓延るこの世界ではボクの恋愛はタブーなんだ。犯罪であり病気。ボクの想いは誰にとっても迷惑にしかならない」

何か言いたげにグレーテが顔を歪《ゆが》ませる。

それに取り合うことなく、はっきりと告げた。

「――だからね、ボクはこの世界を壊すことに決めたんだよ」

そろそろ次の準備に取り掛からねばならなかった。

翠蝶に指示されるがままに、クラウスと闘うことになる。敗北するだろう。それを理解した上で挑んでいく。

モニカの本当の闘いはその先にある。

この時点では翠蝶もティアもクラウスも辿《たど》り着いていない、過酷な結末に進んでいく。

「グレーテ」去り際モニカは言った。「クラウスさんとお幸せに」

9章　『氷刃《ひょうじん》』と『緋蛟《あかみずち》』

ヒューロの街の混沌《こんとん》は終わらない。

コンメリッド・タイムズ本社前に群がっていた人々は、内部に突入したＣＩＭが再び正面玄関に現れた時、様子がおかしいことを敏感に察していた。彼らが無線に向かって怒鳴り散らす声を聞き、レイモンド編集長が消えたことを知った。

暗殺者の姿を報じた謎の新聞社、そして、その記事を強権で報じた編集長の失踪。いくつもの謎の中、今度は少し離れたビルで爆破事件が起きたという。そこに爆弾を投じた者は、記事で報じられた蒼銀髪《あおぎんぱつ》の暗殺者という目撃情報もあった。

誰もが、激動の予兆を察していた。

しかし、その正体が摑《つか》めないまま狼狽するしかない。

駅前では連日、ＣＩＭの失態を槍玉《やりだま》にあげる活動家が演説を繰り返している。「全てはムザイア合衆国の陰謀だ」とビラを配る者もあれば、その者に「お前こそがガルガド帝国のスパイだ」と殴り掛かる者もいて、混迷を続けている。

国会議事堂の大時計台の前では、デモが行われていた。

全ての混沌はスパイが元凶だと判断し、外国人の一斉摘発を訴えている。ダリン皇太子の遺影を抱きしめ「全員捕らえて尋問しろ」と怒鳴り散らす。三千人以上集まった大規模デモは、警察が鎮圧するために駆り出されていた。

そして、そんな混沌を繰り返す街を心地よさそうに眺める少女がいた。

クイーン・クレット駅近郊のビルに潜み、眼下に広がる騒動にほくそ笑む。

このカオスを生み出した張本人——翠蝶《みどりちょう》である。

彼女の手元には無線機があった。そこから《働《はたら》き蟻《あり》》含む多くの配下から、報告が上がってくる。

彼女が耳を傾けていたのは、モニカとクラウスの死闘の結果だった。

「パーフェクト」

聞き終えると、思わずにやりと笑みを零《こぼ》していた。

「見事だね。まさか燎火《かがりび》を負傷させて逃げ遂《おお》せるとは」

特にクラウスの左脚の負傷は望外の戦果だった。もし骨にヒビが入っていたら、全治二か月か三か月。治るまで全力は発揮できない。

あの男を仕留めるための確実な一歩。

しかも、まだモニカという駒は失われていない。

（……もうしばらく燎火はモニカちゃんに手一杯になる。どこまで削れるかな？）

翠蝶の想像以上にモニカは活躍をしてくれる。

まだ完全に信頼できる訳ではないが、今後も期待していいだろう。

（……いや、燎火の左脚を負傷させたという点を鑑《かんが》みれば、もうミィの仲間になるって信じてもいいかな？　これはチョロすぎ？）

彼女が二重スパイという疑いは解いていいだろうか。

『燎火』のクラウスはディン共和国最強のスパイだ。『蛇《へび》』に取り込むため、彼の左脚を傷つけるというのはリターンに見合わない。

（まだ気は抜けないけど、もう『灯《ともしび》』に戻る気はないとみていいかな……場合によっては『蛇』の目的も伝えていいかも？）

翠蝶はふっと息を吐き、無線機の横から離れた。

（『蛇』の存在理由さえ知れば、誰もが『蛇』に賛同するはずなのだから）

少なくとも翠蝶はそうだった。

かつては、ひたむきに自国の繁栄を願ったフェンド連邦のスパイだった。しかし世界中の諜報機関《ちょうほう》さえまだ捉え切れていない世界の絶望――その事実に気づいた時、彼女は足元が崩れ落ちるような心地を味わった。そんな時に勧誘してくれたのが『蛇』だった。

時計を見れば、もう夕刻になっていた。

『蛇』の定時連絡に行かねばならなかった。

重要な情報伝達に無線機は使えない。街に潜ませた暗号文で待ち合わせ場所を伝えられる。指定された時刻に向かい、メモを残しておくという決まりだった。

翠蝶にとっては億劫《おっくう》な時間だった。

――『翠蝶、お前はまだ甘いからよ。忘れんじゃねぇぞ』

上から目線で伝えられた言葉が忘れられない。

めんどくさ、と舌打ちをし、コートに手を掛ける。

袖を通すために右肩を伸ばした時、思わぬ痛みがはしった。咄嗟《とっさ》に左手で押さえ、よろめいた身体《からだ》を足で踏ん張る。

「――っ」

もう十か月以上前になるというのに、いまだに痛む傷がある。

完治しているはずなのに、まるで呪いのように定期的に翠蝶を苦しめる。

――両肩に刻まれた、稲妻のような傷跡。

ダンスを好む翠蝶にとって、肩に刻まれた傷は不愉快極まりないものだった。それ以来ダンスホールに立つ時は、肩や二の腕を隠すような衣装しか着られなくなっている。

（……あぁ、うっぜぇ）

記憶を思い起こしては舌打ちする。

（あのババア……死んでも尚、恨めしい……）

込み上げる憎悪《ぞうお》に何度唇を噛《か》んだか。

――『炮烙《ほうらく》』のゲルデ。

翠蝶がその死に際《ぎわ》に立ち会った、『焔《ほむら》』のメンバーだった。

◇◇◇

老いぼれ、というのが事前の情報だった。

『蛇』に寝返った『炬光《きょこう》』――改め『蒼蠅《あおばえ》』のギードから教わった。彼は微《かす》かに哀《かな》し気な目をした後、己の得物である刀を磨きながら語ってくれた。

「さすがに七十二歳の御高齢だからな。もう婆《ばあ》さんだぜ？　全盛期は遥《はる》か昔に過ぎてる。

ここ十年で一層衰えたしな」

それを聞き、彼女の暗殺に名乗り出たのが『翠蝶』だった。

ギードの手引きによって行われた――『焔』全メンバーの暗殺。

『紫蟻《むらさきあり》』がムザイア合衆国で『紅炉《こうろ》』を破ったように、翠蝶は『炮烙』の殺害を任された。フェンド連邦という地は彼女のホームでもあった。

指定した場所に誘い出すのも、ギードの情報を使えば容易だった。

翠蝶の息がかかったダンスホールに呼び出した。ヒューロ郊外にある、普段ならば上流貴族が集う社交場だ。そこが無人となる深夜を指定した。

日付が変わる頃、一人の老女が堂々とした足取りでやってきた。

「んー？　なんだい？」

彼女は、中央に置かれた椅子に座る翠蝶を見る。

「ギードに呼び出されたと思ったら、まさか、こんな嬢ちゃんが相手かい。あのバカが符号でも漏らしたんか？」

ゲルデは歳《とし》を感じさせない容姿をしていた。ミリタリーパンツに、タンクトップという出《い》で立ちで、肉体を大きく晒《さら》している。その両腕は老女とは思えないほど硬い筋肉に覆われ、ダンスホールに注がれる照明を反射していた。

そんな恰好《かっこう》で街を歩けば、自然と目立ちそうなものだが。

──半世紀以上戦場を渡り歩いた、不死身の狙撃手。

彼女の伝説を知っている翠蝶は、さすがに緊張を覚えた。

「……交渉しない？　お婆様」

「ん？」

「アナタのお仲間『炬光』のギードは仲間を裏切り、ガルガド帝国についたわ」

ゲルデの表情は変わらなかった。

強がりだ、と判断。翠蝶は、情報の正しさを示した。

「陽炎《かげろう》パレスには決まりがあるようね。ルール十四、他住人に酒を強要しないこと。ルール十五、目覚まし代わりに火薬を用いないこと。アナタのためのルールよ」

「あー、そうさね」ゲルデは表情を崩して、快活に笑った。「火薬を使ったのはクラ坊のしつけなんだがなぁ。ボスにこっぴどく怒られた」

なぜかゲルデは楽し気だった。呆気《あっけ》にとられる翠蝶の前に置かれた椅子に、よっと、と口にしながら腰を下ろした。

「ふぅん、ギードが裏切ったかい。まぁ驚きはしないよ」

彼女は軽い口調で言った。

「……なるほど、あのタイミングでクラ坊一人を『焔』から遠ざけたのは、そういう訳かい。さすがのギードもクラ坊は恐《こわ》かったか」

「動じないのね？」

「悪いけど、この程度は日常茶飯事だからねぇ」

ゲルデは自身の指を折って数え始める。

「この分だとボスは死ぬねぇ。バカのルーカスは放っておいても死ぬし、まぁヴィレも兄に付き合って死ぬだろうねぇ。ハイジは一度くらい死んだ方がいい。クラ坊は……ま、立ち回り次第じゃろうな」

五本の指が順に折られていき、最後に一本だけ残された。

ゲルデは「ん、最低一人は残る。十分」と納得したように頷《うなず》いた。

どうやら彼女自身は、最初から生き残る計算に入っていないらしい。

翠蝶は微かに身を乗り出した。

「ミィはアナタを殺すことはいつでもできる」

「………」

「情報を渡してくれる？　アナタたちは握ったんでしょう？　《暁闇計画《ノスタルジア・プロジェクト》》のこと。そうすれば命くらいは――」

言葉を言い終わる前に、世界が揺れた。

頭を殴られたのだと理解するのに時間がかかった。そう誤解する程唐突に訪れ、受け身を取る暇さえなく後方に倒れていく。

ゲルデの右手には黒い棒のようなものが握られている。

倒れながら注視すれば、それは小銃の銃身だった。服の下に隠し持っていたのだろう。

ゲルデは素早く隠し持っていた小銃を組み立てていく。

翠蝶が態勢を立て直す頃には、ゲルデは小銃を完成させ、発砲を終えていた。

二連発。両肩から血が噴き出した。銃弾が翠蝶の肉を削り取る。狂いそうになる程強烈な痛みで頭が痺《しび》れる。

「随分とまぁ、舐《な》めた真似《まね》だねぇ。この『炮烙』相手に交渉かい？」

わざと生かされたのだろう。

ゲルデはその気になれば脳天を撃つこともできた。

「最近耳が遠いんだ。もう一度言ってくれるかい？　えぇ？　このアタシをどうするんだってぇ？」

無様に這《は》う翠蝶の頭を容赦なく踏みにじってくる。

だが翠蝶は両肩の痛みで抵抗どころではなかった。

（あのおっさん！　なにが、老いぼれだ――‼）

情報をもたらしたギードを恨むしかない。

（このババア、どう考えても世界最高峰の実力だろうが――‼）

意図的に嘘《うそ》を混ぜた訳ではないはずだ。

『衰えた』というのは事実だろう。全盛期を過ぎても尚《なお》、強すぎるというだけだ。そして、それを『老いぼれ』と表現できるほど『焔』が異常者集団というだけだ。

後頭部に硬い銃口を突き付けられる感触があった。

「――言いな。どこで《暁闇計画《ノスタルジア・プロジェクト》》という単語を知ったんだい？」

殺気を孕《はら》んだゲルデの声が頭上から届いた。

◇◇◇

翠蝶は無意識に握りこんでいた拳を開け、呼吸を整える。

（あぁ、何度思い出しても虫唾《むしず》が走る……！）

今回の任務は、翠蝶にとっての復讐《ふくしゅう》でもあった。命乞いの言葉さえ吐きそうになった屈辱を与えてきたゲルデは仇敵《きゅうてき》に他ならない。

だが殺してやりたくても、もう彼女はいない。

代わりに『炮烙』のゲルデが生き残ると判断した男——『燎火』のクラウスを殺す。

そのために布石を打ち続けている。

体力と精神を消耗させ、いまだ彼はモニカを追いかけ、奔走を繰り返している。負傷させた左脚をロクに治療することなく、諜報活動を続けるだろう。

トドメを刺すのは、翠蝶の仕事ではない。

クラウスを追い詰める策はまだ多くある。クラウスが疲弊しきったところで、別任務で動いている『蛇』の仲間と合流し、一気に殺しにかかる。

任務を完了させる後一歩のところまで辿《たど》り着いている。

(強いて懸念《けねん》点を挙げるなら、そうだね……)

改めてコートを羽織りながら、彼女は考える。

(……コンメリッド・タイムズの記事かな。あの意図だけは読めない)

今朝の記事で突如報じられた内容だ。

——【ダリン皇太子暗殺者は、蒼銀髪《あおぎんぱつ》の少女】

アレは翠蝶にとっても尚、意味不明な報道だった。なぜあの新聞にモニカの姿が写っていたのか。誰がなんのために報じたのか。

モニカにも尋ねたが「さぁ？　ボクにも分からない」と返された。

その真偽を確かめる術《すべ》はない。

怪しく感じはしたが、それだけでモニカを切り捨てる訳にはいかない。『灯』の策略という可能性はある。まずは手下に調べさせることにした。

（そろそろ捜査結果が来る頃合いなんだけど――）

そこまで考えた時、出入り口の方から足音が聞こえてきた。事前に伝えた符号を名乗り、翠蝶がいる部屋を訪れる。

「翠蝶様……っ」

配下の《働き蟻》の一人だった。二十代の気弱そうな男性で、ＣＩＭの工作員でもある。急いできたのか、息が上がっていた。

完璧なタイミングに感心しつつ、翠蝶は「さっさと報告して」と伝える。

「ＣＩＭは失踪中のレイモンド＝アップルトン編集長の情報を摑《つか》みました。彼はここ数日、『烽火連天《ほうかれんてん》』という裏社会の組織と通じていたようです」

「……烽火連天？　聞いたことがないねぇ」

「新たな反政府勢力です。彼らは『救国』を謳《うた》い、急速に勢力を増しているようで」

ふぅん、と相槌《あいづち》を打った。

現在、ヒューロの街に溢《あふ》れている胡散臭《うさんくさ》い活動家勢力の一つのようだ。やはり、なぜモニカの写真を得たのかは不明だった。

そこまで聞いたところ、相手は「それが……」と言いにくそうに眉を顰《ひそ》めた。

「なに」と促す。

「二十分前、別の新聞社が号外を報じました。これも『烽火連天』の仕業かと」

そう言いながら、彼は一通の新聞紙を差し出してきた。

背筋が寒くなる。湧き起こる嫌な予感を堪《こら》えながら、その報道の詳細が目に入る。

端的に言えば、それはコンメリッド・タイムズが報じた記事の続報だった。

【我々、救国の士は、ダリン皇太子殿下を撃った暗殺者を報じる。

・コードネーム『緋蛟』

・年齢16歳

・ガルガド帝国のスパイチーム『蛇』に所属

・身長：150cm　髪色：蒼銀髪

・ヒューロ近郊に潜伏中

目撃情報求む】

「は――？」声が漏れる。

記事は、モニカの顔写真と共に掲載されていた。

ダリン皇太子殿下暗殺の犯人がガルガド帝国のスパイとして報じられている。

「ちょっと待てちょっと待てちょっと待てちょっと待てちょっと待てちょっと待てちょっと待てちょっと待てちょっと待てちょっと待てちょっと待てちょっと待て」

狼狽《ろうばい》を隠すこともできず喚《わめ》いていた。

何度文面に目を通しても読み間違いではないと分かる。

「狂ってる‼」

翠蝶は叫んだ。

「なんでこんな記事が報じられるのっ⁉　あまりに無茶苦茶！」

意図も意味もさっぱり分からなかった。

発行元はフェンド連邦では第五位の発行部数を誇る新聞社だった。十分に大手と言える。

こんなデマを大々的に拡散するなど有り得ない。

政府の発表を待たずに勝手に容疑者を報じるなど、正気の沙汰ではなかった。

「ＣＩＭは、国内政治の不信感により裏社会側の人間の影響力が増したものだと判断しています。ダリン皇太子殿下暗殺の影響かと」

「にしたって——‼」

「『烽火連天』のトップの仕業です」

男はハッキリ遂げる。

「彼女は対立する反社会勢力をまとめあげ、マフィア間の交渉を行ったそうです。政治不信を煽《あお》り、義心を煽り、フラストレーションの溜《た》まる人々をまとめあげ、支配下に置いた。おそらく新聞社の重鎮をも籠絡《ろうらく》し、無理やり号外を報じさせたのでしょう」

思わず新聞を握りつぶしていた。

新聞社がここまで勇み足になるなど、日常では有り得ない異常事態だ。

（……王族の死の影響を舐めていたわね。混沌《こんとん》に次ぐ混沌……もう何が起こっても、おかしくないか……）

当然『蛇』がダリン皇太子を射殺した際、相応のリスクは覚悟していた。戦争の火種になりかねない行為。それでも実行せねばならない事情があった故だが。

もはやどう世界が動くのか、誰にも読めなくなっている。

そして、その混沌の中、求心力を持ち始めた存在が現れたか。

「……何者よ、その『烽火連天』のトップは？　そもそも『蛇』の情報をどこから——」

「詳細は不明です。親密に関わる者ほど、口が固いようで……」

不服そうに男は明かした。

「ただ、救国の英雄は――美しい少女と言われています」

少女、と意外な情報を翠蝶が繰り返した時だった。

優艶《ゆうえん》な色香を含んだ声が届いた。


「あら、もしかして私のことを話してる？」


出入り口で黒髪《くろかみ》の少女が柔らかな微笑《ほほえ》みを湛《たた》えていた。

把握している。『灯』のフェンド連邦での活動中、何度か翠蝶は捉えていた。

――『夢語《ゆめがたり》』のティア。

凹凸に富んだ蠱惑《こわく》的な姿態と、耳心地の良い声を有するスパイだった。

見た瞬間、なるほど、と理解する。

彼女が『烽火連天』のトップらしい。交渉術に長《た》けた少女が『灯』にいるとは把握していたが、まさかこれほどの手腕を振るうとは。

「アナタが『翠蝶』さんね？　会えて嬉《うれ》しいわ」

カツカツ、とヒールの音を立ててティアが歩み寄ってくる。

なぜこの場所を突き止められたのか。『烽火連天』の力か、それとも——。

「……何の用？　今、ミィはとっても不機嫌なんだけど」

翠蝶は羽織ったコートを脱ぎ捨て、両肩を晒《さら》した。

目の前の女には聞きたいことが山ほどある。乗り込んでくることは、むしろ好都合。

配下の男を睨《にら》みながら「なに、ボサッとしてんの？　早く捕まえて。紫蟻さんにまた拷問をかけられたい？」と脅迫する。

男は一瞬顔を白くさせ、即座にナイフを取り出した。

ティアが不愉快そうに目を細めた。

紫蟻からは《働き蟻》を十二名ほど貸し与えられている。今そばにいるのは一名だけだが、彼もまた強力な暗殺技術を有している。

男は、現ＣＩＭに所属する一流のスパイだ。既に十四名の殺人経験がある。

あひゃ、と笑みを零《こぼ》し、翠蝶は命令する。

「あの女を半殺しにして」

《働き蟻》の男は駆けだした。気弱そうな表情であれど、動作は獰猛《どうもう》かつ俊敏。一気にティアとの距離を詰め、雄《お》たけびと共にナイフで刺しにかかる。

ティアは反応できていないようだ。

武器を構える動作もせず、迫りくるナイフを見てもいない。

「――【守りなさい】」

ティアの言葉と同時に、背後から無数の腕が伸びた。十二本。

多勢に無勢だった。《働き蟻》の男はナイフを握る腕を摑まれ、頭、首、足と次々に摑まれ、瞬《またた》く間に取り押さえられる。

気づけば彼女の前に、ガラの悪い六人の男女が出現していた。一人の男を制圧し、気絶させ、次に狙うターゲットを定めるように翠蝶を睨みつける。

『烽火連天』のマフィアたちだろう。腕利《うでき》きを揃《そろ》えてきたか。

「ありがと」と礼を述べ、優雅な動作で翠蝶に歩み寄ってくる。

「まるで教祖じゃーん」翠蝶は笑った。「それか、英雄にでもなったつもりー?」

「アナタたちはそれだけのことをしたのよ」

ティアは腕を伸ばし、人差し指を突き付けてきた。

「聞きなさいっ！　あそこにいるのがダリン皇太子殿下を撃った者の一味よ！　『緋蛟』と組み、世界を混沌に陥《おとしい》れている『蛇』の一人！」

六人のマフィアたちの目の色が変わる。

ティアは鋭い声で言い放った。

「――【捕らえなさい】」

その号令の下、マフィアたちが一気に襲い掛かってくる。

翠蝶は身を引き、背後にある窓に向かって駆けた。

（っ！　とりあえず逃げるしかなさそうね！）

翠蝶が所持している銃弾の弾数は十四発。悠長に相手をしていれば、あっという間に尽きかねない量だった。

窓を破り、日が沈み始めたヒューロの街に躍り出る。

翠蝶が飛び降りたのは、向かいのビルの屋根。高さ十四階の窓から、八階の屋根へ。足に響く衝撃を流し、難なく着地する。

「……あーぁ、ダルい」

翠蝶は空中に向かって、二発の弾丸を放った。周囲にいる《働き蟻》たちに非常事態を告げる信号。

その発砲音で、建物のすぐ下の大通りで列を成していたデモ隊が悲鳴をあげた。

彼らが散り散りに逃げ惑い始めたことで一帯は阿鼻叫喚の状況となる。デモ隊と争っていた警察もその対応に追われている。

ティアたちがすぐに追ってくる様子はない。

（まー、所詮はマフィアね）

翠蝶は、先ほどまで自分がいたビルを見上げた。

（ビルの屋根から屋根へ飛び移るような訓練は積んでないわよね。逃げるのは楽勝かな）

スパイならば当然身に着けている技能もない。

ティアが集めたというマフィアは窓際《まどぎわ》に立ち、なすすべなく翠蝶を見つめている。

この隙に逃げちゃいましょう、と楽観した時——銃弾が顔を掠《かす》めた。

「——っ！」

振り返ると、翠蝶を取り囲むように、無数のマフィアたちが銃口を向けてきていた。

翠蝶のいる屋根、その隣にあるビルの屋上、ビル高層階の窓。

それらを埋め尽くす程に無数のマフィアが待機している。

——ざっと見て百人近く。『烽火連天』の構成員か。

（この短期間でここまで——っ！）

見くびっていたと言わざるを得ない。

やはり、これも逃げるしかない。

彼らは躊躇《ちゅうちょ》なく発砲を始めた。幸いなのは、彼らが射撃の訓練を受けた軍人などではなく、マフィアの構成員でしかないことだ。

射撃の腕は二流。彼らが放つ一発目は全弾、回避に成功する。

しかし問題は数だ。

包囲網を突破するには、翠蝶が所持する煙幕を全て消費するしかなかった。

煙に身を潜めながら、更に二発の手りゅう弾を闇雲に投じた。市民を巻き込むことを厭《いと》わない、無差別のテロリズム。

地上から次々と沸き起こる悲鳴は、彼らの指揮系統を狂わせた。

煙幕の中、狼狽するマフィアたちの隙間を縫い、翠蝶は地上に降り立った。横を通り過ぎる一般人の男を殴って昏倒《こんとう》させ、コートを剥《は》ぎ取る。

（……逃走用の道具を大分消費した。今は身を潜めるしかない）

コートで身を覆い、一帯のビルで隠れられる場所はないか探した。

幸い、廃墟《はいきょ》らしきビルはすぐに見つけられた。

非常階段を用いて二階まで上り、拳銃で鍵を破壊する。

コートはドアの前の手すりにぶら下げ、特別な結び方で留める。配下の《働き蟻》にここへ来るよう示す信号だった。

（後は準備を整えて逃げるか、時間さえ稼げば――）

思考は中断される。

無人と思って入ったビル内に、人の気配がしたからだ。

「あら？　早かったじゃない」

ティアだった。

先ほどと変わらない誇らしげな笑みを見せ、翠蝶を待ち構えていた。

「これだけ現地の協力者がいるんだもの。先回りくらいできるわよ」

全ては掌《てのひら》の上だったらしい。

一太刀浴びせられた感覚に顔が熱くなるが、一呼吸するうちには冷静さを取り戻せた。

認めるしかなかった。目の前の少女は侮《あなど》れない。自身の息の根を止めるため、相当の準備を積んでいる。

「無茶苦茶すぎるでしょぉ？」

翠蝶は挑発するように舌を出した。

「なにあの信者ども。アンタだって、この国を蝕《むしば》むスパイの一人でしょ？　嘘《うそ》ついて手駒にしたんだ？　随分な悪女だねぇ」

マフィア共の忠誠ぶりを見るに、彼らは本当にティアを『救国の英雄』だと信じ込んでいる。うまく騙《だま》しているようだ。

ティアは微《かす》かに目線を下げた。翠蝶の言葉を思いの外《ほか》、重く受け止めているらしい。憂いを含んだ息を吐き、小さく首を横に振る。

「そうね、私は彼らに嘘をついている。私自身がスパイであるとは伝えていない」

ティアは顔をあげた。

「でもこの国を救うという点は本気よ。『蛇』に浸食されたこの国を救済する。その終着点に嘘偽りはないわ」

「……はー？　フェンド連邦は他国でしょう？」

「そうね」

「意味わかんない。ディン共和国のスパイが他国を救って、どうすんのぉ？」

「関係ないわ」誇らしげにティアが笑う。「私が目指すのは、敵さえも救う英雄だから」

翠蝶には全く理解できなかった。

その自信に満ちた表情を気味悪く感じ取り「バカじゃねーの」と吐き捨てる。

――そう、翠蝶には知る由《よし》もない。

『紅炉』のフェロニカから救い出され、ティアが抱いた英雄願望。

彼女は、その強い動機を新たな力として昇華させていた。

『鳳《おおとり》』のメンバーたちから授けられた、スパイの闘い方――『詐術』。

身に備わった特技と騙し方を掛け合わせ、難敵を打ち破っていく方法。ティアは『羽《は》琴《こと》』のファルマから指導を受け、詐術の習得に至っていた。

読心からの交渉術。そして、集団を丸ごと欺き、己を英雄として崇拝させる。

『交渉』×『偶像』――愚神礼讃《ぐしんらいさん》。

フェンド連邦の地で花開く、ティアの強力すぎる詐術だった。


ティアの力こそ知らないが、翠蝶は目の前の存在を敵と認め、冷静に観察する。

先回りしていた、という割には、彼女は武器らしい武器を構えていなかった。しかも右腕は負傷している。ビル内はがらんとしていて、何もない空間があるばかりだ。

(なぜあれだけの手下を扇動し、コイツだけ……?)

ティアからは余裕めいた雰囲気を感じさせる。

既に勝ったと言わんばかりの佇《たたず》まいだ。それが翠蝶の感情を逆撫《さかな》でする。

(……もしかして舐《な》めてる?)

だとしたら随分と思い上がったものだ。

翠蝶は懐《ふところ》からアイスピックを取り出す。躊躇なく心臓や頸動脈《けいどうみゃく》を貫ける技術があれば、骨にぶつかりやすい刃物よりもずっと使い勝手がいい。

アイスピックの先端をティアに差し向ける。

「別にさぁ、ミイは闘えない訳じゃないんだよねぇ」

「……ええ、そのようね」

「それにさ、もうミィの手駒も来たよぉ？」

翠蝶が入ってきた扉から足音が届き、続々と《働き蟻》が入ってきた。

紫蟻に洗脳され、日々鍛え続けている彼らはマフィアより優秀だ。短時間で翠蝶の元に駆け付けてくれる。ヒューロの街に忍ばせた半数が集った。

数は六人。奇《く》しくも先ほど翠蝶を囲んだマフィアの数と同じ。

そして立場は逆転している。

「早く外のマフィア共に助けを求めろよ。そいつらごと、殺してやるからさぁ。あひゃひゃっ！　この《働き蟻》たちに爆弾摑《つか》ませて、突っ込ませてやるよぉ！」

翠蝶はアイスピックを振りながら笑う。

その言葉に《働き蟻》たちも息を吞《の》むが、彼女が本気で命じれば迷わず実行に移すだろう。抵抗するための理性は既に奪ってある。

ティアは怒りに震えるように拳を握りこんでいる。

「……そんなことはさせない」

「ん？」

「別にね、マフィアの人たちを本気で闘わせたい訳じゃないわ。アナタをここに誘導してもらうため、手を貸してもらっただけ」

「……甘っちょろいねぇ」

「いいのよ。『烽火連天』の一番の目的は――メディア戦略だから」

翠蝶は、ん、と悪寒《おかん》を覚える。

空間を満たすように強い殺気が広がっている。飢えた猛獣がこちらの喉元に食いかからんとするような、そんな錯覚さえ感じるほどに。

次第に事態を把握する。あの新聞記事の真意を――。

「ねぇ、アナタはリリィに皇太子暗殺容疑を着せるという脅迫をしたんでしょう？」

ティアは解説を続ける。

「でも、もう無理じゃないかしら？　世間は暗殺事件の犯人をモニカと認識し、モニカ自身も姿を晒《さら》して爆破事件まで起こしている。この状況下で『リリィが真犯人』と主張して誰が信じるの？　もう真実は確定したのよ」

ただし、それは翠蝶の想定とは全く異なる人物を容疑者とした真実で――。

更に容疑者はガルガド帝国のスパイという嘘を混ぜて――。

「もう、リリィを暗殺者とするのは不可能でしょう？　彼女の安全は守られた」

微笑《ほほえ》むティアの横から、柱に潜んでいた少女が飛び出してきた。

「――モニカは、アナタの支配から解放された」

リボルバー拳銃を手にしたモニカが現れる。

禍々《まがまが》しいほどの殺気の正体は彼女か。

翠蝶は身を引きながら、《働き蟻》の背中を蹴りつけた。

それを合図にして、六人の《働き蟻》が動き出した。四人が拳銃で攻撃し、別の二人で迫りくるモニカを待ち構える。スパイ一人を殺すには十分すぎる優れた連携。

放たれた四発の銃弾は、直線的に向かってくるモニカに命中するはずだった。

だが当たると思った瞬間――モニカが横に消えた。

四つの銃弾は、全て彼女の左へ流れていく。

《働き蟻》たちが二発目を撃つ前に、モニカは接近していた。そこからの彼女の動きは全てが流れるように無駄なく行われた。

一人目──狙撃手の肩を狙撃する。

二人目、三人目──ナイフを振るう女の攻撃を、体勢を屈《かが》めて避ける。一人目の狙撃手が取り落とした拳銃を拾い、両手に持った拳銃を同時に発砲して左右の男女の脚を砕く。

四人目──陣形が崩れた《働き蟻》たちに立て直す隙など与えず、男の顎先に鋭いハイキックを打ち込み、昏倒させる。

五人目、六人目──二人の男が左右からナイフで襲いかかった。その攻撃を、先ほど銃弾を避けた時と同じ、消えるような足捌《さば》きで避ける。直後両手の拳銃で、二人の肩を撃ち抜き、転倒させる。

モニカはつまらなそうに奪った拳銃を捨てた。

翠蝶は離れた場所で戦慄していた。

（瞬殺──っ⁉）

信じられない光景に、呼吸を止めてしまう。

もちろんモニカの実力を軽んじたことはない。その潜在能力を買っていたのは翠蝶だ。

だが今のモニカは──その見込みを遥《はる》かに超えた凄《すご》みを纏《まと》っている。

そして翠蝶をなにより驚かせたのは──。

（──『炮烙《ほうらく》』の足捌き……っ‼）

翠蝶も目《ま》の当たりにした、神速の動き。瞬間移動と見紛《みまが》うような疾《はや》さ。静止した状態から一瞬、トップスピードで動く。銃弾を全て避け、ただ一方的に蹂躙《じゅうりん》する──不死身と謳《うた》われた『炮烙』の肝。

モニカの動きはどう考えても、彼女の技術だった。

ティアが感心したように笑いかけている。

「見事な動きね。ヴィンドさんから習ったの？」

「習ったというより、叩《たた》き込まれたが正しいかな。まだ不完全だよ。アイツやクラウスさんほどのキレはない」

「私にはもう誰がどれくらい疾いのか、判別つかないわよ」

言葉を交わし合う二人を見て、翠蝶は全身から汗を流していた。目の前で繰り広げられた光景に、寒気が止まらない。

（ありえない、この感じ……！）

──大衆を思いのままに扇動し、世界を変革していく女。

──その女性に付き従い、仇《あだ》なす者を破壊していく無双の女。

理性が「間違っている」と訴えている。目の前の少女たちは確かに才能の片鱗《へんりん》を見せていたが、決して世界最高峰の水準ではない。あるはずがない。

だが、翠蝶の脳裏ではなぜか結び付けている。

ティアとモニカの背後にある、巨大な何かに畏れてしまう。


――『紅炉』のフェロニカ。そして『炮烙』のゲルデ。

かつて影の戦争で世界を支配した二人組に、面影を重ねてしまう！


（……なんなんだ、コイツらは‼）

そもそも彼女たちの計画からして狂っているのだ。

モニカが自ら進んで王族を殺した大罪人を演じ、それを仲間であるティアが新聞社に働きかける――どう考えても正気の沙汰ではない。

二人はずっと翠蝶に分からない手段で、連絡を取り合っていたのか。

例の記事の写真――モニカがミア＝ゴドルフィン局長を殺している現場を写したもの――は彼女たちの偽造だろう。遺体は偽装。『灯』には変装の達人――おそらくグレーテ――がいるようだ。彼女にマスクを作らせ、別の女性に遺体を演じさせたか。

　そこまで推察した時、ティアが一歩前に出た。

「聞いたわよ。アナタ、モニカのパートナーになりたいそうじゃない？　笑わせるわね」

　ティアは翠蝶に強く言い放ってきた。

「身の程を知りなさい——モニカの相棒は私よ」

　こちらを蔑むような瞳で見下してくる。

　モニカは一瞬何か言いたげに眉を顰《ひそ》めたが、決してティアの言葉を否定しなかった。拳銃を握りしめたまま、翠蝶の挙動を観察してくる。

　翠蝶は今一度《働き蟻》たちの方を見た。

　彼らは関節を銃弾で破壊され、立ち上がれないようだ。死にはしないだろうが、モニカ相手に闘うのは無理だろう。

　大きく息を吐き出した。

「ねぇ、モニカちゃん」

「なに？　もう緋蛟とは呼ばないの？」

「うん、本当に残念。ミィはさ、モニカちゃんと一緒に暗躍するのが楽しみだったんだけどなぁ。絶望を分かち合いたかった。でも、それがモニカちゃんの選択なんだね」

「キミの願望なんて知るかよ」

「ん、いいよー。第一ラウンドはミィが勝った。第二ラウンドはモニカちゃんの勝ちってところかな？　もう分かった、ホント分かった、百で分かっちゃったよー」

手にしていたアイスピックを握りこみ、あひゃ、と笑みを見せる。

「――第三ラウンドを始めよう。翠蝶としての本気を見せてあげる」

翠蝶がギザついた歯を見せた時、ビルの窓が割れた。

無数の銃弾が飛び込んでくると同時に、拳銃を携えた連中が何人も突入してくる。

モニカとティアは咄嗟《とっさ》に窓から離れた。

「ＣＩＭっ⁉　なんで今っ⁉」

襲来したのは、フェンド連邦の諜報《ちょうほう》機関の部隊だった。

翠蝶もまた身を引きながら、訪れた工作員の一人と目を合わせる。翠蝶の方向ではなく、ティアとモニカを襲う方へ誘導する。

ティアが悲鳴を上げる。

「モニカ、逃げましょう！　今のアナタがＣＩＭと出くわすのはマズいわ！」

その声に続き、モニカが身を引き始める。苦し紛れに翠蝶に一発、銃弾を放ってくるが、微《かす》かに首を傾《かし》げれば回避できた。

「冥《めい》ッ・頑《がん》ッ・不《ふ》ッ・霊《れい》ッ！」

翠蝶は去っていくモニカに指先を向けた。

「――選択を見誤った無能共め。迎える破滅に慄《おのの》き震え、純黒の悪夢に悶《もだ》え死ね‼」

ここからが本当の闘いだと宣言するように。

◇◇◇

クラウスは傷の手当てを済ませた後、グレーテを病院に預け、エルナ、ジビア、リリィを連れ、クイーン・クレット駅まで戻った。おそらくティアはここにいる、と考え、捜索を始めた直後、駅西部の方で発砲音が響いた。

駆け付けた頃には、一帯はパニックと化していた。

ビルの屋根でマフィアが発砲を繰り返している。一瞬、翠蝶らしき両肩に傷のある少女が見えたが、すぐ煙幕の中に消えていった。追いかけようとしたが、躊躇《ためら》われる。彼女が投じた手りゅう弾が大通りを進む市民に降りかかろうとしていた。

他国の人間だろうと、命が危うい一般市民を放ってはおけない。

クラウスが「ジビアっ」と自分と連携できる少女に声をかけると、ジビアは「言われなくとも！」と力強く発し、同時に駆け出してくれた。

ジビアは今まさに飛来しようとする爆弾を摑《つか》み、クラウスに投げつける。

クラウスはマンホールの蓋を開けると同時に、爆弾を下水道へ叩き込んだ。

マンホールから爆炎が噴き上がる。そして響き渡る轟音《ごうおん》に一帯の人々は更なる悲鳴をあげた。混乱が加速する。流れ弾に被弾し、倒れている人もいる。クラウスたちはとっくに姿を消した翠蝶よりも、彼らの手当てを優先するしかなかった。

しばらく足止めを食らっていると、クラウスたちの前に思わぬ少女が現れた。

「先生っ⁉」

ティアだった。

どうやらここまで近くにいるとは思っていなかったようだ。

「ティア」

クラウスは低い声で口にした。

「随分と好き勝手にやってくれたな。『烽火連天』なんて組織まで作って」

「あっ、いやそれは――」

彼女は一瞬誤魔化すような素振りをみせたが、すぐに諦めたように首を振り、深く頭を下げた。

「――ごめんなさい。後でどんな処分も受けるわ。でもモニカの指示なのよ。特に先生には絶対に明かすな、と言われていて」

小言は山ほどあるが、後でいいだろう。

過去ティアは他国のスパイであるアネットの母親を逃がそうとし、その際、モニカに支援を受けた。今回はその恩返しの側面もあったはずだ。

なによりも確認したい事項があった。

「で？　今、モニカはどこにいるんだ？」

「え…………？」

ティアは唖然《あぜん》とした顔をして、振り向いた。

だが彼女の背後には、モニカの姿はない。

「あれ……？　なんで？」

次第にティアの顔から血の気が引いていく。

「……おかしいわ。さっきまで一緒にいたのに……どこに……？」

モニカは既にティアと離れたようだ。

呆然《ぼうぜん》とするティアの元に、次々と他の少女たちも集ってくる。その顔には悲愴《ひそう》とも形容できる涙を流して。

クラウスは淡々と質問を続けた。

「モニカは、この後の動きをどう説明していたんだ？」

「……と、『灯』に戻るって言っていたわ……このままだと、ダリン皇太子暗殺容疑がモニカに着せられたままだから、先生に匿《かくま》ってもらって……」

ティアの声は後半になるにつれて、次第にか細くなっていく。

何か悪い事態を察したように指先が震えている。

「……あとは皆で一緒にＣＩＭと争って、無実を証明して……」

「そうか、お前もモニカに欺かれていたんだな」

やはり責める気力をなくしてしまう。

モニカが本気でティアを欺いたとしたら、看破するのは難しい。なによりクラウスもまた、ティアのように誤解していた。真相に辿《たど》り着いたのは、つい先刻だ。

「……僕も同じ想定をしていた。モニカは二重スパイとして『蛇』に従うフリをしているだけで、いずれ『灯』に戻る。僕はダリン皇太子暗殺の容疑が着せられた彼女を守るため、ＣＩＭに抵抗するつもりだった」

諦めたような彼女の笑みが脳裏をよぎる。

クラウスは息を吐きながら言った。

「けれど、彼女の覚悟はそれを上回っていた」

二人の間にあったズレにより、彼女を止められなかった。

既にティア以外の少女には推察を伝えていた。誰もが唖然とし、中には泣き出す少女もいた。信じたくない可能性だった。

「モニカは冤罪《えんざい》を晴らす気なんて最初からない。『灯』に戻る気もない。ダリン皇太子を暗殺したガルガド帝国のスパイとして振る舞い続け、ＣＩＭから命を狙われ――」

重々しく告げる。

「――そのまま死ぬ気だ」

10章　裏切者《うらぎりもの》

ヒューロ東部には、ドックロードと呼ばれる港群があった。

都市中央を流れるテレコ川沿いに巨大な港がいくつも連なっている。一世紀前までは世界最大の港として、各国からの大量の輸入品が集まる拠点だった。一帯には所狭しと巨大な煉瓦《れんが》造りの倉庫や、原油を貯《た》めておく球形のタンクが立ち並んでいる。

既に夕暮れ時であったが、このエリアが闇に包まれることはない。絶え間なく届く貨物の積み下ろしがあり、強い照明で一帯が照らされているためだ。

特に波止場《はとば》付近は昼のように明るい光に包まれていた。

モニカはドックロードの倉庫の上に立っていた。波止場を遠巻きに眺め、ゆっくりと身を休ませている。

彼女の手元には、無線機が握られている。ティアから盗み出したものだ。

だが無線機は何も反応を示さない。

（メッセージくらい残してもいいかな、と思ったけど、まぁ無駄か）

スピーカーからは雨音のような不明瞭な音が流れるのみだ。

無線の電波が混信しているらしい。

（……ＣＩＭの連中が集まっているせいかな。かなりの人数を割いているようだ）

その事実を受け止め、夕日に視線を向ける。沈みゆく太陽に重ねていたのは、これから迎える自分の末路だった。

――他に選択肢はなかったか。

そう何度も思い返した。けれど良い答えは浮かばなかった。

（ＣＩＭは完全に『蛇《へび》』に毒されている。言葉なんて通じない。ディン共和国のスパイが王族を殺したのだ、となぜか思い込んでいる）

彼らはダリン皇太子の暗殺者捜しに躍起になっている。もはやメンツの問題だろう。暗殺者を取り逃がすという失態を犯せは、国家の威信が脅《おびや》かされる。

『灯《ともしび》』に突き付けられた選択肢は二つだった。

――ディン共和国のスパイを一人、犠牲とする。

――全力でＣＩＭに抵抗し、黒幕がガルガド帝国のスパイであると証明する。

選びたいのは、もちろん後者だった。

（けれど、ディン共和国のスパイとして名を馳せているクラウスさんが表立って抵抗すれ

ば、大きな外交問題になる。『灯』の安全だって脅かされるだろう）

そもそもＣＩＭは『蛇』にコントロールされている。どれだけ無実を訴えても聞く耳など持たない可能性が高い。

不毛な消耗戦が続けば、いずれ『灯』の誰かが命を落とすかもしれない。

『鳳《おおとり》』の次は誰が犠牲になる？　グレーテか？　ジビアか？　ティアか？　サラか？　アネット？　エルナ？　それともリリィ？　あるいは全員？

悲劇の想像をする時、モニカの身体《からだ》には冷たい汗が流れる。

（自分でも信じられないかもしれないけれど）

彼女は静かに考える。

（ボクは両方守りたいんだよ。リリィも、そして――『灯』も）

何度思い返しても、決断は変わらなかった。

モニカ一人が犠牲になれば全てが決着する。

フェンド連邦の国民は暗殺者の死に安堵《あんど》する。ＣＩＭのメンツは保たれる。暗殺者はガルガド帝国のスパイとして報道されたためディン共和国はフェンド連邦との外交問題を回避できる。『灯』は最小限の犠牲で、次なる『蛇』の闘いに備えられる。

誰にとってもハッピーエンドだ。

唯一の心残りは、リリィとの約束か。

――『約束です。誰も死なないでください。これ以上誰も死なず、全員で陽炎《かげろう》パレスへ戻るんですよ。それだけは誓ってください』

仲間の前で宣誓するように言った彼女の言葉。

思い返すたびにモニカの頬は微《かす》かに緩んだ。

「ごめんね、約束は守れないかも」

自嘲するように笑い、そっと前を見据える。

「だってボクは愚かで卑劣な――裏切り者なんだから」

モニカは二重スパイにもなれなかった。『灯』も『蛇』も切り捨てた。クラウスの手助けさえ振り払い、ひとりぼっちでここに立っている。

だから清算の時がやってくる。

モニカを待ち受ける最終決戦――それは勝ち目のない、ＣＩＭとの総力戦だった。

◇◇◇

混乱の中、アメリはCIMの本部に戻っていた。

『灯』の拠点から脱走したのだ。その際、クラウスが仕掛けていた巧妙なトラップを全て見破ることはできなかった。何らかのスイッチを押した感覚はあった。

おそらく無線がクラウスに届き、アメリの脱走は気づかれるだろう。もし彼がその気になれば、『ベリアス』の部下は皆殺しだ。

しかし、それを理解してもアメリは行かねばならなかった。

（時間切れですわ、燎火《かがりび》。ここまで混乱が広がっては、部下全員の命を切り捨てようと、上層部に報告するしかありません）

心苦しいが、スパイとして正しい判断をせねばならない。

アメリはCIM本部に辿り着くと、最高機関である『ハイド』の部屋に向かった。衝立《ついたて》の向こうにいる五人の人間に事実を述べる。『浮雲《うきぐも》』のランを追う最中、『灯』と協力したが嵌められ、拘束されたこと。部下を人質に取られ、従うしかなかったこと。

『ハイド』は報告を黙って聞いていた。

肌がひりつく感覚を通して、アメリは空間に満ちる緊張を察した。

「『ベリアス』の失態については後でいいだろう。いずれ処分を下すが、今ではない」

一人が物々しい声で言った。

他の四人からも同意の声が届いた。

「アメリ、お前が見たものをそのままに語れ」低い男性の声が届いた。

「……仰《おお》せのままに」

「ダリン殿下を射殺したのは『浮雲』のランか？」

「いいえ、間違いだと思われます。ダリン殿下が暗殺された夜、『浮雲』の怪我《けが》を確認しました。彼女は暗殺ができる状態ではありません。少なくとも実行犯ではないと」

「ある新聞社は、『緋蛟《あかみずち》』というスパイが犯人だと報じている。これについては？」

「判断できかねます」

率直な返答だった。

その答えを持っている者は、おそらく犯人を除けば存在しない。

「うーん、変だ……雅《みやび》、とは程遠い……」

衝立の向こうから影のある男性の声が届く。雅、という言葉をやけに強調して。

「『ディン共和国のスパイがダリン殿下を狙っている』というのは『魔術師《まじゅつし》』がもたらし

た情報のはずだ。我々に絶対にあってはならない間違いがあったとでも？」

部屋の気温が微かに下がった気がした。『ハイド』内で対立が起こっているようだ。『魔術師』という者が槍玉《やりだま》に挙げられている。

すると掠《かす》れた女の声が聞こえてきた。彼女が『魔術師』か。

「……間違いではない」

「ふうん？」

「つまり新聞記事の報道が事実ということ――暗殺者の正体はディン共和国のスパイに擬態した、ガルガド帝国のスパイ。些細《ささい》な誤解があっただけ」

『魔術師』の弁明のような呟《つぶや》きが漏れた後、長い静寂が訪れる。

再び低い男性の声で尋ねられる。

「アメリ、お前に問う」

ドスの利《き》いた声だった。

「『緋蛟』はどちら側のスパイだ？　――ディン共和国か、ガルガド帝国か」

しばし迷う。

が、これについては答えられた。事実を述べればいい。

「『緋蛟』のモニカは、わたくしの目の前で『灯』の仲間を襲いました」

彼女が躊躇《ちゅうちょ》なく小刀を仲間に振るう現場を目撃している。

「――ガルガド帝国の内通者と思われます」

衝立の向こうで息が漏れる音が聞こえてきた。

しばしの沈黙が流れ、『ハイド』の五人が何かを合意するような気配があった。

「CIMの今動ける、全部隊に通達する。敵はガルガド帝国の賊だ」

やがて命令が届いた。

「――直ちに『緋蛟』を殺せ。CIMの威信にかけて、絶対に取り逃がすな」

アメリはスカートを摘まみながら「承りましたわ」と頭を下げる。

こうなるとは予想していた。反帝国派にとっても、親帝国派にとっても、今のモニカは抹殺すべき対象だ。この決断が下されることは必然。

（……もっとも全ての彼女の計画通りなのかもしれませんが）

彼女の瞳にはそんな寂しさも窺《うかが》えた。クラウスには伝えなかった情報だ。

なんにせよ、アメリには彼女を庇《かば》う義理はない。

迷いはない。『緋蛟』の処刑は、いまやフェンド連邦の全国民が望んでいるのだ。

◇◇◇

全ての真相を知らされたティアは愕然《がくぜん》としていた。裏切られた事実がショックなのか、目元に涙を湛《たた》え、肩を震わせている。

「嘘《うそ》よ……」と声を漏らすが、肯定する仲間は誰もいなかった。

最初にクラウスが仲間に打ち明けた時も、少女たちは同様の反応をした。受け入れがたい事実に呆然《ぼうぜん》とし、湧き起こる不安に打ちのめされる。

「あの裏切者……!!」

ティアが悔しそうに拳を握りしめる。

「阻止しましょう！　モニカ一人だけが犠牲になるなんて――」

言葉は無数の足音で遮られた。

クラウスたちを囲むようにして、ぞろぞろと黒いコートを羽織った人間が集い始めた。

パニックが起きている群衆に紛れ、近づいてきたらしい。

数はおおよそ二十名ほど。

「ＣＩＭの連中だな」

クラウスが静かに問う。もし相手に攻撃の意志があれば、いくらでも蹴散らせる。

集団から一人が前に出てきた。

強者特有の落ち着きを纏《まと》う、黒い肌と金髪の男性だった。コンメリッド・タイムズ社の前でも見かけた。漆黒のコートの腰元に時代錯誤なサーベルをぶら下げている。「お前があの燎火か？」と述べる。

まるでゴミを見るような、蔑みの瞳をしていた。

「俺はＣＩＭの防諜《ぼうちょう》部隊『ヴァナジン』の長《おさ》——『甲冑師《かっちゅうし》』のメレディス。お前が争った『ベリアス』のお仲間のようなものだ」

「そうか。なんの用だ？」

「そう敵意を向けるのはやめろ。こっちには人質がいる」

彼がちらりと視線を送った方向では、別の男たちが、茶髪の少女と臙脂《えんじ》色の髪の少女を拘束し、銃口を突き付けていた。

「サラっ⁉　ランっ⁉」ジビアが声をあげた。

名を呼ばれた少女たちは悔しそうに唇を噛《か》んでいる。

「す、すみません。突然乗り込まれて——」「すまぬ。さすがに多勢に無勢であった」

クラウスは動じなかった。

「アメリの手引きか」

彼女が逃げ出したことは察知していたが、サラたちに指示を送る余裕はなかった。ちょうどモニカと争っていたタイミングだった。

メレディスと名乗った男は、ふん、と鼻を鳴らし言葉を続ける。

「これよりCIMは『緋蛟』の抹殺に動く。奴《やつ》の情報を教えろ。彼女はお前たち、ディン共和国にとっても裏切り者のはずだ」

「…………」

「庇うなら、お前たちも王の敵とみなす」

考える。左脚を負傷したクラウスが人質含む少女全員を守りながら、ここにいる『ヴァナジン』二十名を皆殺しにして口封じする。

できなくはない。だがリスクは高く、成功しても明るい未来は見えない。

メレディスは余裕をもった声で続ける。

「大人しく従え。こっちもディン共和国との間で余計な外交問題を作りたくない。『緋蛟』がディン共和国出身と公表されるよりマシだろう？　――戦争をしたいのか？」

決断するしかなかった。

クラウスは懐《ふところ》から拳銃を取り出し、そっと地面に投げ捨てた。

少女たちは苦し気に息を吸い込んだ。

「終わってるよ」

ジビアが吐き捨てるように言った。

「アンタらの国、終わってる」

取り囲む『ヴァナジン』たちの表情が一瞬険しくなり、ジビアに強い視線を向けてくる。

メレディスはつまらなそうに「生意気なガキだな」と吐き捨てた。

クラウスはその僅かの隙に指を動かした。

やがてクラウスたちは『ヴァナジン』に連行された。手錠を嵌《は》められ、車に乗せられ、目隠しをつけられ、身動きを封じられる。

その際、クラウスからもっとも離れていた少女は、クラウスのハンドサインに従う。

『ヴァナジン』たちの視線がジビアに集まった瞬間を見逃さず、さりげなく身を引いていた少女は、そのままヒューロの人ごみに紛れていった。

◇◇◇

日が沈み終わり、残光が空を橙色《だいだい》に染めていた。

モニカは倉庫の上で待ち続けていた。

ドックロード一帯に少しずつ、殺気立った人間が集まってきている。さっきから刺すような視線を感じていた。

彼女の推察通り、CIMは既に彼女を捕捉していた。逃げも隠れもしない少女を不審に思いつつ、今は周辺市民の避難を進めている。それが済んだところで抹殺が行われる手筈《てはず》だった。包囲は完成してる。

その意図を理解しつつ、さっさと始めてくれないかな、とモニカはぼやく。

するとモニカが立つ倉庫の隣で「見ぃーつけたぁー」と間延びした声が響いた。

翠蝶《みどりちょう》だった。

「あひゃっひゃひゃひゃひゃっひゃひゃひゃひゃっひゃ」

品のない笑い声をあげ、ギザついた歯を見せている。

「ねぇ、どーぅモニカちゃーん？　今、ここにCIMの手練《てだ》れが続々と集っているよぅ？

モニカちゃんを抹殺しにねぇ？」

「逆にキミはいいの？　CIMに見られて」

「いいのよぉ？　CIMがミィを攻撃することは、絶対に有り得ないから」

自慢気に彼女は答える。

翠蝶はＣＩＭを自由に動かす力を有している。そしてモニカはそのカラクリを摑《つか》んでいた。ゆえに聞かねばならなかったのは、全く別の興味だった。

「一個教えてよ」

「なにさ？」

「もし新聞社が、ボクじゃなく、キミを容疑者として報道していたらどうなってた？」

「はー？　そんなのＣＩＭを通じて、即刻記事を潰すだけだけどぉ？　その上で『灯』の誰かを容疑者として公表させ、上書きするだけじゃなーい？」

「うん、それが聞けてよかった」

微《かす》かに頰を緩めながら頷《うなず》いた。

「やっぱりボクの選択は間違っていなかった」

「なに納得しているか知らないけどさ——もう時間みたいだよ」

辺りを取り囲む殺気が一層濃くなる。

やがて全ての準備が整えられた。

「さようなら、緋蛟ちゃん。アナタの死に際《ぎわ》はしっかりと見届けてあげる」

囁《ささや》くように告げ、翠蝶は倉庫の向こうへ消えていく。

それと入れ替わるようなタイミングで武装したスーツ姿の集団が現れた。ＣＩＭの一チームだ。各々《おのおの》が拳銃を握りしめ、モニカに鋭い視線を送っている。

数は十四人。

中央には、鋭い眼光を放つ男が立っていた。チームのボスだろう。口元のみ、肉食獣を模した黒いマスクをつけている。纏う殺気から、かなりの強者だとモニカは予想する。

彼らは名乗らない。必要以上の言葉を交わさない。

何も明かさない。その正体はＣＩＭが有する、精鋭部隊『カーバル』であることも。国外で任務に就いていたがダリン皇太子の死を知り、急遽《きゅうきょ》帰還命令が下されたことも。本来ならば、ガルガド帝国での暗殺任務に励む、無類の戦闘集団であることも。

――彼らが殺し損ねた者は『紅炉《こうろ》』を除いて存在しない。

つまりは、そういう次元に立つ人間たち。

その背後には最高機関『ハイド』の一人――『呪師《のろいし》』ネイサン、ＣＩＭ最大防諜部隊『ヴァナジン』七十五名、最高機関直属防諜部隊『ベリアス』十六名もまた控えている。

ＣＩＭが用意した、スパイ殺しに特化した百人以上のメンバーだった。

「絶対正義――」

『カーバル』のボス、『影法師《かげほうし》』のルークが口を開いた。口元のマスクからくぐもった声が聞こえてくる。

「――我々は常に正しく、間違えない」

モニカは肩を竦《すく》めた。

「あぁそうかい」

「王の敵よ、潔《いさぎよ》く死ね」

彼らは任務に取り掛かる。

少女一人を抹殺するには十分すぎる、虐殺とも呼ぶべき武力を持って。

◇◇◇

屋内に連れ込まれたところでクラウスたちの目隠しは外された。

ＣＩＭが所有する拠点の一つのようだ。移動時間からヒューロからそう離れていないことは想像がついた。窓がないせいで正確な居場所は分からない。牢獄《ろうごく》だ。椅子の一つも置いておらず、出入り口は鉄製の扉のみ。

『ヴァナジン』の人間は「しばらく大人しくしていろ」と告げ、牢獄から離れていった。

彼らもモニカ抹殺に加わるのだろう。

拳銃は取り上げられていた。扉を壊すことは難しい。

囚《とら》われたのは、クラウス、リリィ、ジビア、ティア、サラ、ランの六人。この分だとアネットとグレーテも病院で拘束されているだろう。

クラウスは壁に体重を預け、息を吐いた。もはや時が流れるのに身を任せるしかない。次に移動中『ヴァナジン』にモニカの情報を、どうでもいい表層的な部分のみ明かした。次に呼び出されるのは、事が全て終わった後だろう。

「なぁ！　ボスっ！」

耐え切れないようにジビアが叫んだ。

「なんとかなんねぇのかよ！　アンタなら、どうにか……！」

「今は待つしかない」

瞳を閉じ、淡々とセリフを伝える。実際クラウスにできることはなかった。

鈍い歯ぎしりの音が聞こえてきた。

「アンタ、今回なにしてたんだよ……！」

目を開けると、ジビアが涙を零《こぼ》しながら立っていた。

両手の拳をぐっと握りしめながら、クラウスを食ってかからんとするような瞳で睨《にら》みつけている。顔は真っ赤に染まっている。

「今回、全然ダメじゃねぇか！　モニカの裏切りを許して、捜索にも時間かけて、出会っても取り逃がして！　アンタらしくもねぇ！　どうしちまったんだよっ‼」

「ジビアちゃんっ……！」

リリィが宥《なだ》めるように彼女の腕を摑んだ。

ジビアはそのリリィを振り払い、苦し気に顔を手で覆う。

「八つ当たりなのは分かっているよ……けど！　けどよぉ！」

大きく肩で息をし、哀《かな》し気な声が漏れた。

「心のどっかで思っちまうんだよ……ボスなら絶対なんとかしてくれるって……」

力なく項垂《うなだ》れる。

クラウスは消沈する部下を静かに見つめた。

他の少女も労《いた》わるような視線をジビアに送っている。彼女の訴えは、ここにいる少女全ての総意だったのだろう。

その通りだ。今回、クラウスは多くの不覚を取った。失望するのも無理もない。

「……先生だって手一杯だったんですよ」

リリィがフォローするように声をあげた。

「それに先生だけの責任じゃありません。わたしたちがもっと頑張っていれば——」

「いや、そうじゃない」

クラウスは答えた。

「今回僕が後れを取ったのは、もっと違う原因だ。ようやく気付けた」

少女たちの不思議そうな視線が一斉に集まった。

思えば、ずっと違和感はあったのだ。一番はやはり『ベリアス』への襲撃直前、モニカの異変を見逃していたことだ。

その疑問は、彼女と直接ぶつかり合ったことで理解した。

肩の力が抜けてしまうほど、単純な理由だ。

「――モニカが急成長している」

「「は？」」

「彼女は僕の予想を超える成長を遂げ、自身の計画を隠し抜いた。モニカはただ単純に僕に勝ったんだ」

一抹の悔しささえ抱いてしまう。あるいは自身の生徒の成長を喜ぶべきなのか。

唖然《あぜん》とした表情でリリィが呟《つぶや》く。

「……え。いやいや、いくらなんでも一度とはいえ先生に勝つなんて――」

「今のアイツは、まだ十六歳だったな？」

そろそろ十七歳になるだろうが、それでもかなりの若さに違いない。末恐ろしい。

自身が十六歳だった頃を思い出し、率直な感想を告げた。

「——今のモニカは、僕が十六歳だった頃より強いんじゃないか?」

「「「「え?」」」」

その場にいる少女たちが同時に目を丸くする。

だが嘘偽《うそいつわ》りのない感想だった。もちろんクラウスも十六歳の時点より成長している。

世界最強の座を譲る気はないが、あまり悠長に構えてもいられなくなった。

リリィが固まったまま言葉を漏らす。

「そ、それはさすがに……」

信じられないのも無理もない。

だが直接闘ったクラウスには分かる。この窮地で彼女が覚醒させた才能を。

世界は稀《まれ》に、怪物を世に生み出す。

クラウスという稀代《きたい》のスパイを作ったように、また一人この地に——。

「確かに彼女は死ぬ気でＣＩＭに挑んでいる。僕も叶うなら止めたい。が、彼女は強い意志を示した。尊重するしかない。なにも無抵抗に殺される気もないだろう」

少女たちに言い聞かすように告げる。

「だったら僕は信じるだけだ。あの天才が生き延び、もう一度『灯』に戻ってくることを」

飛躍的成長を遂げ、モニカは闘い抜く決断を下した。

ならば水を差す真似《まね》は控えるべきだろう。

できるのは瞳を閉じ、彼女の生還を祈ってやることだった。

◇◇◇

ドックロードでは異様な光景が展開されていた。

その場にいたＣＩＭのスパイたちは、有り得ない事態をしばらく呑《の》み込めなかった。

『呪師』の名で世界から恐れられたネイサンは、テレコ川のそばで見上げるように目撃していた。歴戦の男だ。世界大戦中は『焔《ほむら》』と手を組み、ガルガド帝国の諜報《ちょうほう》網を混乱に追いやった。最高機関『ハイド』に所属し、唯一今も尚《なお》最前線に立ち続けている。

ネイサンは久しく味わったことのない恐れを感じ取り「雅《みやび》……っ」と口の端を曲げる。

最大防諜《ぼうちょう》部隊『ヴァナジン』のボス――『甲冑師』のメレディスは、『カーバル』の後方で待機していた。万が一『カーバル』がモニカを逃した場合のバックアップだったが、役目はないだろうと冷静に判断していた。過剰とも言える配備に疑問を感じていた。

メレディスはその推測がまるで間違っていたことを認め、腰元のサーベルを構える。

『ベリアス』のボス、『操《あやつ》り師《し》』のアメリは、メレディスの横で指揮棒を構え、いつでも部下に指示を送れるよう待機していた。長期にわたる監禁で部下は疲弊していたが、アメリは嫌な予感を信じて、まだ動ける者を叱咤《しった》激励《げきれい》し参戦させていた。

アメリは、やはり『灯』の少女は国の脅威に成り得ると再認識する。

そして戦場から距離を取り、ふと振り返った翠蝶は「え…………」と声を漏らす。

ＣＩＭの精鋭部隊『カーバル』十四名が全滅していた。

フェンド連邦でも一、二を競うような暗殺に長《た》けたチームが、一人の少女に惨敗《ざんぱい》していた。十四名が倉庫の上に横たわっている。ある者は膝を銃弾で撃ち抜かれ、ある者は白目を剝《む》きながら意識を失い、満足に立っている者は一人もいなかった。

　全てがモニカ一人の手により実行された。

『カーバル』と交戦した彼女は、自身に放たれた銃弾を避け、接近戦に持ち込んだ。

――蹂躙《じゅうりん》。

　小刀から拳銃に持ち替え、超近距離で発砲を続け、『カーバル』たちの肩や膝を砕いていった。時に敵の身体《からだ》を盾にして銃弾を弾き、時に奪ったナイフを正確無比に投擲《とうてき》する。

　モニカの射撃は精密だった。

　倒した敵の身体で手元を隠して弾丸を放ち、正確に次の敵を破壊する。素早いモニカに一瞬、行動を止めた者は、確実に銃撃の餌食《えじき》となった。

『カーバル』が全滅するまで二分弱。

　モニカは敵から奪った自動拳銃の触感を確かめる。

（あぁ、なんか身体が熱い……）

　大きく息を吐き、彼女は他人事《ひとごと》のように考える。

（なんだ、この感覚……視界に映るもの全てが、現実じゃないみたいだ……）

連戦により疲労はピークになっているはずだ。

にも拘《かか》わらず、身体が異様に軽い。脳が怪しげな成分を分泌しているかのように。

(やけに敵が遅い……？　いや、ボクが速すぎる……)

自分でも今の自分をどう表現すればいいのか、分からない。

(――まるで、身体の中で炎が燃えているような)

それが一番しっくりとくる語句であった。

熱い。熱くて仕方がない。身体の奥――心に灯《とも》る炎が身を焦がしている。


この日よりモニカは新たなコードネームを得る。

ドックロードの光景を見たネイサンが命名する。

諜報機関が他国のスパイに名前を振る場合、それは自国で名乗るものとは別の意味合いを持つ。ミッションで重要な意味を持つ者、警戒しなければならない者、あるいは必ず排除せねばならない者のいずれかだ。

――『焼尽《しょうじん》』。

フェンド連邦において、確実に殺さねばならない脅威そのものだった。

「なぜ……」

モニカと敵対するメレディスは言葉を漏らした。己の部下に指示を送ることはせず、目を見張り、目の前の状況を捉えていた。七十四人の部下を徒《いたずら》に動かしても、無駄死にを増やすだけ。そう感じさせるほどの気迫が今のモニカにはあった。

「なぜ、殺せない……？『カーバル』はＣＩＭのトップチームだぞ……」

ただ呻《うめ》くしかなかった。

「……これまで超一流のスパイだって何人も屠《ほふ》ってきて――」

モニカがメレディスの方に足を向けた。

倉庫の下で見上げていた彼に、蔑むような視線を送る。

「――ッ‼」

反射的に息を呑む。

彼女はこの場にいる大半を指揮する者が彼だと即座に見抜いていた。

「聞こえるか？　ＣＩＭのクソカス共」

モニカの声が響いた。

「一度しか言わない。ボクにかかってくるなら命の保証はできない。お前たちが傀儡《かいらい》だろうと、奴隷だろうと、歯向かうなら殺す」

ダリン皇太子を撃った暗殺者には、似つかわしくないセリフだった。

だが『カーバル』のメンバーは皆、まだ息があるように見える。応急処置さえ施せば、一命は取り留められる。

彼女は手を抜いている――その事実に改めてメレディスは戦慄する。

「ボクは、どうでもよかったんだ」

彼女の言葉一つ一つがドックロードに強く響いた。

「世界とかスパイとか、そんなものに興味はなかった。自分が自分らしくいられて、一緒にいたい人と過ごせればよかった。本当に、それで満足できたんだ……！」

声に次第に熱がこもる。

「なのにテメェらは、くだらねぇ連中に欺かれ、見当違いな人間を殺して、ボクの大事なものを奪おうとしている。腹が立つ。反吐《へど》が出るんだよ！」

突然吐き出してきた訴えを理解できず、メレディスは沈黙する。

――見当違い？

一体何を語っているのか。フェンド連邦に仇《あだ》なす悪人がなにを偉そうに説教をかましているのか。

モニカは諦めたように首を横に振った。

「理解できないならいいさ。とにかくボクがやることは一つだ」

『カーバル』のメンバーから奪った拳銃を両手に構えた。

「——ボクがこの国を完膚なきまでに破壊してやるよ」

彼女は動き出した。

倉庫の上を駆け、その勢いのまま飛び降りてくる。空中で銃を連射し、正確な射撃技術で辺りのスパイを蹴散らし、メレディスの正面に着地した。

「面白いっ‼」

彼女の俊敏な動きに真っ先に対応したのは、メレディス自身だった。近接戦闘は彼の得意とするところ。七十四人の部下を従える魅力は、彼の勇猛さと度量に他ならない。

「王に仇なす賊風情《ふぜい》がっ！　直接この『甲冑師』が吊《つ》るしてやる——っ！」

刺し違えてでも殺す覚悟を決め、使い慣れたサーベルを抜いた。

両者が交錯する直前、モニカが転ぶように緊急回避を取った。

互いの攻撃は外れたまま。すれ違う。

すぐ近くで待機していた、アメリが横やりを入れたのだ。彼女の部下が放った銃弾を回避するため、モニカはメレディスへの交戦を諦めた。

「この国で好きにさせませんわよ？」

アメリは指揮棒でモニカを指し示し、挑発するような顔を見せていた。

「っ！　アメリ……」

「お久しぶりですわ」舌打ちをするモニカにアメリは笑う。「――【演目187番】」

四人一組の完璧な連携を見せる『ベリアス』の部下たちが、モニカを強襲する。四人が手にしたのは、サブマシンガン。

隠密《おんみつ》行動を好むスパイが通常持ち出さない、強力な火器だ。

同時に放たれた四丁のサブマシンガンの前には、モニカも退くしかない。

身体を横にズラす。

一瞬で三メートルほど横の位置に移動。サブマシンガンの射線から外れ、狙撃手の肩を撃つ。ヴィンドから授けられた、『炮烙《ほうらく》』の技術。超速のヒット&アウェイ。

だが連発できるほどの練度はない。

逃げるように背を向け、モニカは倉庫の隙間を駆けて行った。

（街中で突如勃発したバトルじゃないんだ。機関銃くらい用意しているよな）

もはやスパイ同士との闘いとも異なる。

まるで戦争。正面からでは分が悪い。

（逃げては奇襲をかけ、アレを完成させるしかない――！）

そう決意した時だった。

倉庫と倉庫の間を走るモニカの頭上から、異様な男が降ってきた。

一メートル以上ある長い髪をなびかせ、モニカの正面に着地する。じゃらり、と奇妙な音が鳴る。その正体は彼が全身に装備した、大量の宝飾品によるもの。両手に幾重にも付けられた腕輪と首輪が擦り合わされる。

「……キミのそれは『炮烙』の動きだろう。雅《みやび》なり」

『呪師』ネイサン。ＣＩＭの最高機関『ハイド』の一人。

彼は己の長い髪を銃でかきあげ、影のある声で告げる。

「……嬉《うれ》しいよ……キミみたいにガルガド帝国を名乗るスパイが暴れてくれると、うちの醜い親帝国派の連中も美しく目を覚ますだろう……素晴らしく雅な展開だ……」

「奇遇だね」モニカは笑った。「ボクも同感」

「やはり面白い子だ……もしかして、それが目的……？」

「だとしたら？」

「キミは万全の状態で闘うべきだった」

ネイサンは声を低くし、じゃらり、と腕輪を鳴らした。

「――ＣＩＭを舐《な》めすぎ」

直後、彼から放たれる鋭い飛び蹴りを、モニカは両手で防ぐので精一杯だった。

衝撃自体は軽いが、なぜか身体が大きく揺らいだ。踏ん張ることもできず、後ろに倒される。モニカの知らない技術だった。

再び逃げることに全力を注ぎ、ネイサンに背を向けた。

たった一瞬だが、彼と正面から闘うのはマズいと理解する。

ネイサンは無理に追わず、モニカを逃がした。時間をかけるべきと判断する。適当に彼女を暴れさせ続け、適度なところで殺すべきだ、と。

そして、その算段はモニカにも伝わっていた。

少しずつ消耗する身体が、迫りくる死を感じ取っていた。

(さすがにボクの体力の方が持たないか……)

彼女の体力は『カーバル』を倒した時点で大部分、消耗していた。

駆けていく先で再び『甲冑師』メレディスと鉢合わせする。

執念深さこそが彼の持ち味だった。どこまでもターゲットを追い回し、確実に仕留める。

その体力は無尽蔵。今のモニカにとって、もっとも相性が悪かった。

メレディスは「もうバテたか? 賊風情!」と挑発的に迫ってくる。

ゴムボールを投擲し、倉庫の壁に反射させ、メレディスの死角から狙う。得意とする奇襲攻撃で凌《しの》ぎ、距離を取り、姿を晦《くら》ませる。

武器を消費しながら、また逃げる。

局所的な勝利や退避を繰り返しても、やがて数で圧《お》し潰されるのは自明。もちろん分かり切っていた。この闘いに勝ち目なんてないことを。一縷《いちる》の希望もないことを。

――モニカはここで命を落とす覚悟で臨んでいる。

(でも、まだだ……後もう少し……ほんの僅かでいい――)

体力の限りドックロードを走り続ける。原油タンクを見つけては、その下部に仕掛けを施していく。

鏡を投擲《とうてき》し、狙った箇所に刺しながら周囲を警戒する。

身を休める必要があったが、全方位に敵の姿しか見えない。銃で倒せば、発砲音がまた新たな敵を呼び寄せる。少し足を止めれば、猟犬のようなメレディスに追いつかれる。

くそ、と情けない声を漏らした時だった。

「モニカお姉ちゃんっ‼」

思わぬ少女が物陰から飛び出してきた。

「エルナっ⁉」

声をあげてしまう。

なぜ彼女が戦場に紛れ込んでいるのか。ＣＩＭの包囲を掻《か》い潜ったのだろうか。

だが、最悪のタイミングでもあった。

『ヴァナジン』の一人が、その声に反応した。倉庫の上でモニカを追っていた男が、エルナに向かって発砲した。『緋蛟』に増援が現れたと判断したのだ。

銃弾はエルナの横腹付近に着弾した。

「――っ‼」

辺りに血が飛び散った。

即座にモニカは男を狙撃し、エルナに駆け寄る。

彼女の腹部から血が多く流れていた。彼女は苦しそうに腹を押さえている。意識はあるようだが、重傷には違いない。

エルナは苦し気な声で口にした。

「せんせいに頼まれたの……モニカお姉ちゃんをサポートするよう……」

意味が分からなかった。これのどこが支援なのか。

困惑していると、彼女は震える唇で微笑《ほほえ》んだ。

「エルナがほんの少し、時間を稼ぐの。死なない程度の不幸に見舞われるのも、無垢《むく》な少女を演じるのも、得意技なの」

「っ！　もしかして、わざと……？」

彼女は一般人のような、可憐《かれん》なワンピース姿だった。ディン共和国のスパイには見えない。

もちろん、クラウスがこんな方法を指示したはずもないだろう。

「エルナは、モニカお姉ちゃんが生きて戻ってくるって信じているの」

真っ直《ます》ぐな瞳で告げられた。

そして次の瞬間、彼女の身体《からだ》から力が抜けた。意識を失ったのだ。腹を押さえる手が離れ、血が地面に広がっていく。

「っ──」

モニカは空中に向かって発砲し、そのまま離れた。

やがて背後からメレディスの強い怒号が聞こえてくる。

「止まれ！　避難が終わっていない民間人がいたぞぉ！」

鬼気迫る声音だった。

「被弾しているっ！　すぐ病院に運べっ！　王の民を絶対に殺すな！」

民間人が命を落とす事態はCIMも避けたいはずだ。

CIMの陣形が乱れる。僅かに攻勢が緩み、乱れた呼吸を整える余裕が訪れた。

「―――――っ」

エルナが稼いだのは、ほんの少しの時間。

だが闘志を改めて漲《みなぎ》らせるには十分すぎた。

覚悟を決め、定めていた場所へと向かう。煌々《こうこう》と照明に照らされている波止場《はとば》へ。

しかし、その直前で、最後の障壁と言わんばかりに仇敵《きゅうてき》が立ちはだかった。

「もう終わりだよおおおぉ、モニカちゃあああん！」

翠蝶だった。

モニカの消耗を待っていたかのように、あひゃ、とギザついた歯を見せつけてくる。

「……まさか、ここまでキミが出しゃばるとはね」

舌打ちをして、モニカは足を止めた。

エルナの救助を終えたCIMの人間が集まってくる気配を感じる。いずれ完全に包囲をし終えるはずだ。

翠蝶が逃げる様子はない。まるでそれを望んでいるかのように。

「気づいているよ、キミの正体」

モニカは言った。

「キミ自身、『かつてある組織を裏切った』って言っていたね？　元ＣＩＭの工作員なんだろう？　しかも、ただの一工作員じゃない。多くの人間を好きに動かせる役職だ」

そう推測できれば、予想を立てることはできる。

「最高機関『ハイド』に潜んだ裏切り者――それがキミの正体だ」

「だいせいかーいっ」

翠蝶は楽し気に手を叩《たた》いた。

「ちょっとずつヒントはあげていたつもりだけど、さすがにバレちゃっていたかぁ」

かなりの権力を持っていたはずだ。モニカと親し気に話す素振りも、周囲には嘘《うそ》を言っているようだ。『身分を隠して暗殺の容疑者と接近し、自白を引き出そうとした』と。

モニカは息を吐きながら首を横に振った。

「どうりで弱い訳だ」

「あ？」

「キミは『ハイド』で何かを知ったんだろう。『慈悲なき暗部』だったか？　耐えがたい真実に辿《たど》り着いた。辛《つら》いね。けれど結局は逃げたんだ。祖国を売り、王族を殺させ、守るべき民を『衆愚』と蔑み、『蛇』に堕《お》ち安っぽい悪夢を振りまく。惨《みじ》めな、クソザコだ」

侮蔑するように口元を緩める。

「ボクはキミ如《ごと》きと似てなんかない」

翠蝶の顔がカッと赤くなる。

カマをかけただけだが、間違っていた訳ではないようだ。

「だから何よ」彼女は眉を顰《ひそ》め、不愉快を示した。「モニカちゃんはここで死ぬ。燎火に見捨てられたんだよっ‼」

言葉通りだった。

既に一帯の包囲は終わっている。サブマシンガンを向けた『ベリアス』の部隊も揃《そろ》い、ネイサンも彼らに寄り添うように立ちモニカから視線を外さない。突破できるような隙間は、メレディス率いる『ヴァナジン』の部隊が埋め尽くしていた。

モニカと翠蝶は同時に動いた。

翠蝶は拳銃を発砲し、モニカの喉元を射貫《いぬ》こうとしてきた。

その銃弾をかいくぐり、モニカは翠蝶の肩めがけて拳銃を放った。銃弾は相手の右腕辺りに命中する。

「っ、どこまで！」

呻《うめ》く翠蝶を蹴り飛ばし、モニカは集うＣＩＭの前に躍り出る。

傍《はた》から見れば自殺としか思えない愚行。案の定、ＣＩＭの人間たちはモニカを蜂の巣にせんと射撃を開始する。

しかし、彼女の脳裏では怜悧《れいり》な計算が繰り返されていた。

（確かにクラウスさんはボクを助けなかった——でも、それでいいんだよ）

彼女は計算の最終段階に取り掛かる。

エルナが稼いでくれた僅かな時間により、それは完成へ導かれた。

（あの人は、いつだってボクを打ちのめしてくれた）

翠蝶は完全に見落としている。

——なぜモニカは命を削ってまで、クラウスと死闘を繰り広げたのか。

本来ならば、不必要な行為。ＣＩＭとの戦闘を予期していたならば、体力を温存するべきだった。モニカの行動は非合理なのだ。

その理由を翠蝶は全く見抜けなかった。

無理もない。それは通常では決して考えられない動機だ。だが『灯』の少女ならば、至極当然と捉えるだろう。

（先生との闘いこそが——ボクたちを高みに導く教室なんだよ）

必要だった。教会で『授業をしてよ』と告げた言葉は嘘じゃない。

世界最強のスパイが見せる、銃弾の嵐の中で生き延びる技術を習得したかった。

ＣＩＭが放った銃弾全ては避けられないと諦め、モニカは急所のみを両腕で防いで、致命傷を回避する。肉体が抉《えぐ》られていく心地に耐え、集まったＣＩＭの人間を引き付ける。

クラウスから授けられた技術で、一瞬の時間を生み出していく。

「……角度……距離……焦点……反射……速度……時間……」

発動させるのは、モニカが手にした新たな力。何度もクラウスやヴィンドに打ちのめされ成長を求めた。リリィを、そして『灯』を、守るための方策を考え続けてきた。

見えたのは『盗撮』を超えた、更なる力。

モニカは右手をＣＩＭたちに突き出し、ハッキリと声に出した。

「コードネーム『氷刃《ひょうじん》』――燃え華やぐ時間だ！」

ヒントをくれたのは、エルナ。

龍沖《ロンチョン》で行われた『鳳』との闘い。彼女が身の回りのもので演出した事故。収れん火災。

――ドックロード一帯に猛火が巻き起こる。

港の隅々まで照らす、強い照明の光。それらが、モニカが撒《ま》いたレンズと鏡により集約される。仕掛けられた繊維に着火する。その火が原油タンクの下に仕掛けた爆弾を作動させ、タンクを破壊し、原油が発火する。一度強く燃え上がった炎はモニカの計算通り、港湾に多く存在する倉庫や船に広がっていき、ドックロード全体を猛火で包んだ。

燃え上がる炎が次々とCIMの人間を呑《の》み込み、彼らに逃げ惑う以外の選択肢を残さなかった。緊急避難するため、テレコ川に次々と飛び込んでく。

一瞬で地獄のような様相に移り変わった港で、翠蝶だけは波止場に残り続けていた。髪を焦がしながら唖然《あぜん》と目を見開いている。

「バッカじゃないの⁉　こんなの――こんな滅茶苦茶《めちゃくちゃ》な破壊――」

彼女は必死に吠《ほ》えた。

「スパイだけじゃない……世界の、あらゆる国の誰もを敵に――」

「最初からそのつもりだよ」

唯一火の手から逃れられたのは、モニカと翠蝶のみ。炎に包まれる中、二人だけが向かい合う。

モニカの右手には小刀が握られていた。

「キミたちが人の弱さに付け込み、人を裏切らせ、どれほど仲間を作り上げても、ボクが

それ以上の恐怖でかき消してやる。王族殺しだろうと、何だろうとなってやる」

慈悲を与えるつもりはない。

「ボクの邪魔をするな」

強く一歩を踏み込み、翠蝶の鎖骨にめがけ、勢いよく小刀を振り下ろす。

彼女は絶叫をあげ、その場に倒れ伏した。

（さて――）

翠蝶の始末を終えると、息を整える。

状況が劇的に改善された訳ではない。後方には火の手が迫り、川には避難したＣＩＭの人間が何十人と待ち受けている。

――闘いは続く。モニカの命が尽きるまで。


この世界はモニカに優しくなかった。

人生で手にしたと感じ取ったものは、常に抗《あらが》えないほどの強い力で潰された。生きる場所を変えては挫折を繰り返した。ようやく見つけられた、大切にしたい感情は、この社会では病気と診断される存在だった。胸の内に秘め、育んだものは、悪辣なスパイの手により暴かれ、利用され、破滅へ導かれる結果となった。
だから彼女は抵抗した。反逆こそが自分の生き方だと気高く振舞った。
『放火』×『敵役』――偽悪趣味。
誰とも分かち合えなくていい。全人類に恨まれようとも構わない。
自分に相応《ふさわ》しい詐術だな、と捻《ひね》くれ者の少女は自嘲し、思わず口元を緩めていた。

エピローグ『少女』と『世界』

ある日の陽炎《かげろう》パレス。リリィの寝室。


「ところで、モニカちゃん！」

「突然叫ぶな。黙ってマッサージを続けてくんない？」

「そういえばモニカちゃんの特技って何です？　いまだに教えてもらってないんですが」

「あぁ、言ってないもんね」

「グレーテちゃんは察しているみたいなんですけど、全く教えてくれないんです」

「サラにも教えたよ」

「なぬっ」

「リリィ、こっち見て」

「ん？　――っ。なんか光りましたっ⁉」

「終わり。別にボクは特技とかに頼らなくても十分強いからね。情報が漏れることも考慮して、あまり広めたくはないな」

「えー、秘密主義ですねぇ……で？　結局さっきの光は何？」

「絶対に教えない。特にキミだけにはね」

この時に撮った写真を、モニカは捨てられないでいる。

◇◇◇

ドックロードの大火災は深夜になっても続いた。

日付も変わるような時刻、政府が異例の緊急会見を開いた。「火災はフェンド連邦内に潜伏したスパイによるものだ」と公表され、具体的な国名は伏せられた。

――ダリン皇太子殿下を射殺したスパイと同一人物と思われる。

――この悪賊たるスパイは、ＣＩＭに追い詰められた末に自ら拳銃で命を絶った。

官房長官は淡々と告げ、巷《ちまた》で流布《るふ》されるデマを妄信することなきようにと述べると、会見を打ち切った。記者からの厳しい追及は無視された。

この報道による国民の反応はまだ不明だが、一応の決着はついたと言えるだろう。

ＣＩＭ本部のテレビで会見を見守っていたネイサンは息を漏らした。

隣で待機している、部下のアメリに声をかける。

「これで混乱は落ち着いてくれるだろう……被疑者を自殺させたことは糾弾されるだろうが、最低限のメンツは守られた……よくやった、アメリ。他の『ハイド』の連中にもキミたちの活躍を伝えておくよ……」

アメリが初めて見るCIMの最高幹部『ハイド』の一人──『呪師《のろいし》』のネイサン。

彼は満足げに画面を見つめ、頷《うなず》いている。

「ようやくダリン殿下の葬儀も行えるだろう……雅《みやび》な弔いをせねばね……」

彼に褒められたのだから、本来のアメリならば涙を流すほどに喜んでいただろう。だが、そんな気にはなれなかった。

「良かったのでしょうか？」アメリは尋ねる。

「ん？」

「結局、モニカの遺体は見つかっていませんわ」

業火《ごうか》の中、ＣＩＭと撃ち合いになった彼女はやがて炎に呑まれ、姿を消した。

アメリの目には死んだと思われたが、肝心の遺体は見つからない。メレディスが「王の敵は死体でも吊《つ》るす」と鼻息を荒くし部下と捜索しているが、徒労に終わるだろう。

ネイサンは肩を竦《すく》める。

「さすがに国民には教えられないよ……ここまでの大災害を引き起こしておいて、暗殺者を取り逃がしたなんて。暴動が起きかねない」

「……我々は常に正しく間違えない」

「そうだ、王に仕えるオレたちは完璧に雅でなくてはならない」

彼の口ぶりからは、モニカを取り逃がしたことを深く捉えていないようだった。怒りも感じられない。雅、という言葉の意味はやはり不明だが。

ネイサンは察しているのかもしれない。彼女がダリン皇太子を殺した真犯人ではない、と。

「ところで『焼尽《しょうじん》』は置き土産を残してくれたね」

「……あぁ、あの波止場《はとば》に放置された――」

モニカは、一人の少女を半殺しにした状態で放置した。意味ありげに。

アメリは知らないスパイだった。どこかで見覚えがあるような気もするが。

「彼女は『ハイド』の一人だ――『魔術師《まじゅつし》』のミレナ」

「え………」

「第三王女ハトーフェ様の次女だよ。存在自体秘匿されていたから、知らないのも無理もない……昔から『ハイド』は一人以上、王族から選出する習わしなんだ」

信じられない情報に目を剝《む》く。

だが王権が強いフェンド連邦では、王族関係者が身内にいることは何かと利便がいいという。今回の騒動でも彼女がＣＩＭと王族の間を取り持っていたらしい。

あんな少女が衝立《ついたて》の向こうにいたことに、アメリは唖然とする。

ネイサンは冷徹な声で述べた。

「アメリ、彼女を尋問しなさい……『焼尽』は何かを我々に伝えたいようだ……」

◇◇◇

アメリたちが事後処理を進めていく中、『灯《ともしび》』は監禁部屋で吉報を待ち続けていた。

ＣＩＭからは未《いま》だ、なんの情報ももたらされない。

頼りにしているのは、部屋の中央に置かれた『灯』特製の無線機だった。クラウスがバレぬよう持ち込んだ。かなり遠距離でも届くよう作られている。

モニカはティアから無線機を盗み出したという。今も決して手放していないはずだ。

彼女から連絡が来ないか、ひたすら見つめ続ける。

時折仲間が代わる代わる、無線機に向かってモニカの名を呼びかけていた。

「彼女は絶対生きているさ」

クラウスは静かに口にする。

「だから今は、彼女からの連絡を待ち続けよう」

その場にいる誰もがじっと無線機を見つめ続けた。

◇◇◇

夜、モニカは歩き続けていた。

身体《からだ》から焦げた臭いが漂っている。燃え盛る炎の中でCIMとの銃撃戦を続けた彼女は逃走を選んだ。ガルガド帝国のスパイとして十分に暴れたと判断し、生存を優先させた。

自ら炎の中に身を投じ、一か八かで、その業火を突破した。

CIMの人間には、モニカは亡《な》くなったように見えただろう。

このまま抹殺成功と判断してくれれば良い、と願いつつ、逃亡した。

銃弾が当たった傷口に応急処置を施しつつ、通りがかったトラックの荷台に運転手に気づかれぬよう飛び乗った。ヒューロの南東に着いたところで飛び降り、今はゆっくり休める場所を求めて歩いている。

（やば……意識が飛びそう………）

体力の限界を迎えていた。

全てを出し切っていた。銃弾も爆弾も鏡もレンズも残っていない。あるのは折れかけた小刀のみ。体内の血液さえ、活動限界ギリギリまで失われている。

ほんの少し気を抜けば、そのまま倒れて眠ってしまう。

目指したのは、ランから教えられた――『炮烙《ほうらく》』のゲルデの隠れ家だった。

入居者の乏しい、寂れた木造マンションの一室。そこには、水も食料も残されていた。ＣＩＭも摑《つか》めていない拠点だ。辿《たど》り着ければ、しばしの安穏を手に入れられる。

ゆえに体力の限界を感じながら、ぽつぽつと住居が並ぶ、静かな町を一歩一歩、ふらつきながら進んでいく。

「……ねぇ、そこの、お姉ちゃん。大丈夫？」

途中、背後から幼い声がした。

振り向くと、寝間着姿の六歳程度の女の子が立っていた。ピンクの熊のぬいぐるみを抱えている。たった今ベッドから飛び出してきた、という恰好《かっこう》だ。

「今、外を出歩くと危ないよ。ヒューロの方でね、悪い人が暴れているの。お母さんもね、お父さんもね、恐《こわ》がっているの。だからね、出歩かない方がいいよ」

窓からモニカを見かけて、慌てて飛び出してきたらしい。夜闇のせいでモニカの傷は見えないのだろう。

思わず頬を緩めていた。

「大丈夫、もう悪い人は去ったよ」

「ホント？」

「もちろん。国の凄《すご》い人たちが皆でやっつけたんだ。容赦なく、フルボッコだよ。悪い人はみっともなく負けて、正義の炎に焼かれた。だから安心して眠りなよ」

女の子は心から安堵《あんど》したように「よかったぁ」と無邪気な笑みを零《こぼ》し、自身の住居まで戻っていった。

それを見届けた後で、再びゲルデの隠れ家を目指して進む。

きっと、明朝には多くの国民が喝采するに違いない。ダリン皇太子を暗殺した悪人はCIMが見事殺した。その事実に拍手を送り、再び訪れるであろう平穏を期待する。混乱は収束していき、人々は笑顔を取り戻していく。

今出会った女の子も、きっと歯を見せて笑うようになるだろう。

――モニカ一人がいない世界を、人々は諸手《もろて》を挙げて歓迎する。

それでいいんだ、と息をつく。

この世界からまた一つ、憂虞《ゆうぐ》がなくなるのならば。

「ホント引くわ、バケモン」

道の先から声が届いた。

品がない、男の声だ。粗野で汚らしく、その者の器の小ささを察せられるような。

「マジでなんなん？　バケモンの教え子もバケモンってか？　めっちゃ萎えるわー」

マッシュルームヘアーの男が立っていた。

身長は低く、世の中全てを嘲笑するような陰鬱な瞳を見せ、自らの額を叩《たた》いている。わざとらしいため息をつき、狙撃銃を肩に乗せ歩み寄ってくる。

その特徴は知っている。かつてクラウスが描いてくれた似顔絵とも一致する。

──『白蜘蛛《しろぐも》』

白蜘蛛は口元を歪《ゆが》め「ま、逃げるお前を見つけられたラッキーで相殺《そうさい》ってとこか」と口にした。

なるほど、と納得する。フェンド連邦に翠蝶《みどりちょう》以外の『蛇《へび》』がいることは知っていた。

「ねぇ」モニカは鋭く睨《にら》みつける。「もしかしてキミが翠蝶の親玉？」

「ま、そんなとこ」

「なるほどね、ダリン皇太子を撃ったのもキミか」

「想像に任せる」彼は狙撃銃を肩から下ろして構える。「っつぅ訳で――死んどけ」

放たれた銃弾を小刀の峰で受けるのが精いっぱいだった。

拳銃とはレベルの違う高威力の弾丸は、衝撃だけでモニカの手首の関節を砕いた。

仰向けに転がりながら、右手が使い物にならなくなったことを知る。


「ん、我より早く見つけたか。おのれ、許さん。この天下無敵たる我を差し置いて」

白蜘蛛とは逆の方向から、別の男の声が聞こえてくる。

まず目についたのは、三本ある右腕。二本は義手だろう。表面が歪《いびつ》に月明りを反射し、金属的な輝きを見せている。その持ち主は長身大柄という特徴はあるが、コートのフードで頭部を覆っているため、顔は把握できない。

「だが負けた以上、認めねばならんな。天下無敵は譲る――よし、引退だ」

「いやいや、『黒蟷螂《くろかまきり》』。この程度でいちいち引退表明すんなや」

「……《車轍斧《しゃてつのおの》》が故障中なのだ。気分が乗らない」

「四の五の言わず、真面目にやってくれ。ここまで面倒になるとは予想外なんだよ」

「まぁ頼られては仕方がない。これも才能に恵まれすぎた者の宿命か。帝国民数千万人の期待が我の双肩《そうけん》に圧《の》し掛かる……あぁ、引退が遠のいていく」

「いちいちナルシシズムに浸らねぇと本気出せないの、なんとかなんねぇ？」

しばらく軽口を叩き合った後、二人はモニカの方へ視線を向ける。

「じゃ——さっさとトドメを刺すか」

迷いはなかった。

残されたエネルギーを全て逃走に費やす。素早く起き上がり、道の前後から挟むように近づいてくる彼らから離れるように、道から逸《そ》れ、住居の方へ逃げた。

「おー、まだ走れるん？」白蜘蛛の楽し気な声が届く。

口ぶりからして『黒蟷螂』と呼ばれた男も『蛇』の一員なのだろう。彼らの手駒でしかなかった翠蝶とはレベルが違うはずだ。

銃弾も体力も尽きた。利《き》き手は破壊された。そして二対一。

——勝てるはずがない。

精神力でどうこうなるレベルではなく、確定的な事実だった。

彼らの視界から外れ、もう一度『炮烙』のゲルデの隠れ家を目指した。『蛇』はモニカの逃走経路を予想し、先回りしただけのようだ。隠れ家の情報は知らないはずだ。

目的の木造マンションまで辿り着ければ凌《しの》げるかもしれない。

力が入らなくなっている足を、必死に動かし続ける。

《モニカちゃん!》

懐《ふところ》に持っていた無線機から声がした。

《聞こえていたら返事をしてください!》

目を見開き、立ち止まっていた。


「リリィ……?」

CIMと闘う直前、電源を入れていた無線機。

流れてくるのは、紛れもなくリリィの声だった。

ようやく繋《つな》がった。これまで不通だったのはCIMが使用する大量の無線機による混信だったようだ。彼らはモニカの捜索を一度、中断したのかもしれない。

《今どこにいるんですかっ? 無事なんですかっ⁉︎》

「端的に伝える」

無線機を耳に当てながら、モニカは再び走った。リリィの息を呑む声が聞こえる。

「翠蝶は『ハイド』の人間だ。今、イミランで白蜘蛛と遭遇した。翠蝶に指示を出していたのも、ダリン皇太子を殺したのもコイツだ。隣には黒蟷螂という多腕の男もいる――」

「なに話してんだ？」

木造マンションの前まで辿り着いた時、再び白蜘蛛と黒蟷螂に鉢合わせする。先回りされた。逃げ惑う獲物を見て楽しむ狩人《かりゅうど》のように、嫌味な笑顔を浮かべている。

瞬時、思考を回した。

今ここで言わねばならない情報――。

「――コードネーム『炯眼《けいがん》』。あの人を頼れ。『蛇』を打破できる存在は他にいない」

白蜘蛛と黒蟷螂の目が微《かす》かに細まる。

彼らの前で詳細を語る訳にはいかない。

フェンド連邦に発《た》つ直前、クラウスが用意した奇策。『灯』の少女八人とは別枠で用意された、今の彼が最も信頼する、ディン共和国のスパイ。

「それから――」

言葉が続かなかった。語るべき情報は全て伝え終えていた。

「遺言は終わったか？」白蜘蛛が狙撃銃を構える。「最後に面白い情報を教えてくれて、ありがとよ。もう十分だ」

木造マンションまで辿り着いても、目の前に敵がいては逃げ込めない。

そして、これ以上の逃走を彼らが許してくれるはずもない。

《モニカちゃん……？》

リリィの声が届いてくる。

今の彼女はどんな表情を浮かべているのだろうか。

「それから――」

次に語り掛ける言葉が最後となる。

黙って通信機を手放そうと何度も思う。指先を押しとどめたのは、グレーテから伝えられた言葉。そして、胸の内からこみあげる欲求だった。

――自分は誰とも想《おも》いを共有できないまま死ぬ。

幾度となく恐れてきた。彼女の人生はその諦念の連続だった。

「ねぇ、リリィ」

唇が動く。

「こんな言葉を伝えられても迷惑かもしれないけれど——」

途中、涙が滲《にじ》みそうになる。

「あるいは聡《さと》いキミのことだから、ボクの気持ちなんて、とっくに気づいているかもしれないけれど——」

その涙を堪《こら》え、ゆっくりと、心からの笑みを零しハッキリと口にすることができた。

「ボクは、キミのことが好きなんだ」

発砲音と衝撃はほぼ同時だった。

白蜘蛛が放った至近距離の銃弾は無線機を貫通し、粉々に砕いていった。

握っていたモニカの左手、無線機を当てていた左耳を諸共《もろとも》に破壊した。側頭部からどろりとした血が頬を伝っていくが、傷口を押さえる両手はもう力が入らない。

「なぁ興味本位で聞いていいか？」

愉快そうに白蜘蛛が尋ねてくる。

「マジで計算外なんだ。お前が本気で『蛇』に寝返るなら、オレは『花園《はなぞの》』の命は保証した。『灯』もスパイも離れ、『花園』と平和に暮らす――それじゃダメだったのかよ？」

何度も考えた。

『灯』を犠牲にして、リリィと二人でどこか遠い田舎で穏やかに暮らす。スパイとは縁を切り、安全な日常を送り続ける。

それは選択次第では迎えられた未来。しかし、どうしても選べなかった。

「無理に、決まっているだろ」

モニカは掠《かす》れた声で呟《つぶや》いた。

「ボクはリリィのことが好きでも、リリィはボクのことを好きじゃないんだから」

その答えに白蜘蛛は憐《あわ》れむような視線を浮かべる。「……後学にさせてもらうわ」と口にし、再び狙撃銃を構えた。隣の黒蟷螂と呼ばれた男が三つの右腕を持ち上げる。

そろそろ終わりの時が訪れる。

モニカは大きく息を吸い、彼らに尋ねた。

「――してやろうか？」

「あ？」

一度吐き出した言葉は夜風によって、かき消される。

モニカは「二度も言わすなよ」と口にし、もう動かない右手を持ち上げる。精一杯に口の端を曲げ、得意げな表情を作ってみせた。

「手加減してやろうかって聞いてんだよ、クソザコ共」

直後、黒蟷螂の三本の右腕が同時に動いた。

彼女が目視できたのは、それが限界。後は強い衝撃に包まれ、何も分からなくなる。服を切り裂かれ、身体《からだ》が吹き飛ばされた。木造マンションの壁に叩《たた》きつけられる。壁を突き破り、一階の誰かの部屋に辿《たど》り着いた。

目的の場所に辿り着こうと、意味はない。ゲルデの部屋は三階。遥《はる》か先。そしてマンションは既に火の手が回り始めていた。『蛇』たちが放ったのか。安穏を望むモニカを嘲笑《あざわら》うように、火の勢いは増していく。

横たわるモニカの目の前に、ずっと持っていた写真が落ちる。

隠し撮りをして、ずっと秘め続けていたリリィの写真。

遠のいていく意識の中、モニカはその写真の笑顔を最後まで見つめ続けていた。

NEXT MISSION

コードネーム『炯眼《けいがん》』。

そう名付けられたスパイは静かに街を見下ろしていた。


ヒューロの街は祝福に包まれていた。

ドックロードの大火災は翌日の朝方から降り始めた豪雨によって鎮火した。街は落ち着きを取り戻している。駅前の混乱は解消されつつあり、デモの参加者は減少傾向にある。急速に増えた反政府組織もＣＩＭの取り締まりを受け、勢いをなくしている。

ダリン皇太子を狙撃したスパイは、無事殺された——そんなニュースはヒューロ市民に安らぎを与えていた。

暗殺者の姿を勝手に報じたコンメリッド・タイムズを始めとする記者たちは、国の名誉のため真実を報じた勇者として評価された。その裏にあった『烽《ほう》火《か》連《れん》天《てん》』という組織は絶対的なトップが突如連絡が取れなくなったことで、急速に瓦《が》解《かい》していった。

暗殺者がガルガド帝国の者だという風説に対し、ガルガド帝国の高官は会見を開き、きっぱりと否定した。「事実無根だ」「政府もまたダリン殿下の御不幸に哀悼の意を示す」「フェンド連邦との引き続きの協調を強く希望する」それらの文言が繰り返された。

フェンド連邦の国民の中で、反帝国の思想が強まった。

だが決して世界大戦の悲劇を繰り返さないよう、ＣＩＭが全力で世論誘導を行っている。手中に収めているメディアを使い、反帝国の軸を変えないままで反戦を訴えた。

悪い夢から覚めるように、街は日常を取り戻していく。

――最大の悪は消え去った。

もう思い悩む必要はない。そう言わんばかりに誰もが笑っていた。

ヒューロ市民は蒼銀髪《あおぎんぱつ》の少女の写真を蔑み、燃やし、彼女の哀れな自殺を嘲笑した。そして、自分の友人や家族ととっておきの休日に繰り出していく。

そんな街を『炯眼』は虚無感を抱えて眺めていた。

――モニカが作り出した、彼女だけがいない世界。

彼女の覚悟を想うと、『炯眼』の胸にも哀《かな》しみが生まれる。

息をつく。肩のあたりに微かな痛みを覚えた。もう癒えた傷だというのに、思い出すように鈍い痛みが流れる。

――『炯眼』は『灯《ともしび》』の秘策だ。

フェンド連邦に発つ直前、クラウスが仕組んだ策。あらゆる敵を欺き、打ち倒すために仕込まれた切り札として強い信頼を受けた。

重大な責任を担《にな》わされた『炯眼』だが、万全ではなかった。独力では動きようがない。

ゆえに待つしかなかった――この状況下『灯』がどう動くのか。

◇◇◇

クラウスたちの拘束は三日間、継続した。

この間にあった出来事と言えば、いまだ正式な治療を受けられていなかったランが病院に移送されたこと。そして腹部に大きな傷を負ったエルナを、アメリが秘密裏に保護したという知らせがあったことだけだった。

アネットとグレーテが病院で治療を受けている状態は変わらない。

クラウス、リリィ、ジビア、ティア、サラの五人で時を待ち続けた。

三日後の朝、アメリが訪れてきた。

「燎火《かがりび》」

清潔な装《よそお》いに整えられた彼女は、淡々と説明した。

「『翠蝶《みどりちょう》』に協力していたCIMの裏切り者は判明しましたわ。また、多くの諜報《ちょうほう》員は、『焼尽《しょうじん》』ことモニカをガルガド帝国のスパイとして認識しております。親帝国派と反帝国派の分断が起こっていた我々CIMも、今後は反帝国の一枚岩となれるでしょう」

彼女は小さく頭を下げる。

「助力感謝しますわ。『ハイド』に代わり、ワタクシから御礼申し上げます」

彼女にとっては大きな成果だったようだ。声に達成感が満ちている。

だが、クラウスはあまり喜べなかった。フェンド連邦を救いたい訳ではない。

「僕は別に良かったんだ」

ハッキリと告げる。

「お前たちを皆殺しにして、CIMを乗っ取っても」

「我々が本気で争えば、CIMにも『灯』にも多数の死者が出ていたでしょう。我々が争うことに意味はない――それがモニカの意志ではないですか？」

モニカの名前を出され、心にさざ波が立つ。

いまだ彼女の生存のニュースは来ない。今も生還を信じているが、果たして――。

動揺を気取《けど》られる前に、すぐに平静を取り戻す。

アメリは口にした。

「フェンド連邦に悪夢を見せた黒幕――『白蜘蛛《しろぐも》』を、共に拘束しましょう」

態度には微《かす》かな安堵《あんど》の色が見て取れた。

フェンド連邦とディン共和国が敵対していたのは、CIMの最高幹部だった『翠蝶』が流言を発し、共和国のスパイがダリン皇太子の暗殺の冤罪《えんざい》をかけられたからに他ならない。

しかし、その大罪はモニカがガルガド帝国のスパイとして背負った。そして自ら『翠蝶』を行動不能にさせた。

ようやく、まともな協力関係を結べる。全てモニカのおかげだ。

だが、それにはまだ課題があるようだ。

「だったら――」

クラウスは言った。

「――この物々しい敵意はなんだ？」

アメリの背後には、十人以上の部下が待機していた。クラウス含む『灯』のメンバーに厳しい視線を向けている。

「『ハイド』の意向ですわ」

毅然《きぜん》とした態度でアメリは言った。

「分かるでしょう？　『蛇《へび》』をよく知るアナタ方と協力はしたい。ですが、アナタたちはあまりに危険すぎる。手放しで信頼はできませんわ」

静かな威圧が表情に宿っている。

「――『燎火』と『夢語《ゆめがたり》』の身柄はＣＩＭが拘束します」

覚悟はしていた。

――部下の中から『焼尽』のモニカを出したクラウス。

――反政府組織『烽火連天』の指導者だったティア。

彼らの立場からしてみれば、この二人の拘束は当然の選択。裏切りが常のスパイの世界で、全幅の信頼などされるはずもない。

抵抗はできない。拒否すれば、またＣＩＭと無益な闘いを繰り返す羽目になる。

彼女の部下が険しい顔つきで、クラウスの両手に手錠を嵌《は》めていく。簡単には抜け出せないよう、かなり頑丈な造りだ。ティアもまた同様に拘束具を取り付けられる。

事が終わるまで、しばらく監禁生活が続くようだ。

「先生……」「ボス……っ」

背後からリリィとジビアの泣きそうな声が聞こえてくる。

◇◇◇

『蛇』が作り出した悪夢は続いていた。

――『忘我《ぼうが》』のアネットはあばら骨を砕かれ、いまだに入院している。

――『愛娘《まなむすめ》』のグレーテは長期間監禁された結果、療養が必要となっている。

――『愚人《ぐじん》』のエルナは、CIMに腹部を撃たれ入院。

――『氷刃《ひょうじん》』のモニカは生死不明。

――『燎火』のクラウス、そして『夢語』のティアはCIMに拘束される。

メンバーの多くは動けず、『灯』は半壊を超え機能停止状態。

彼らがすぐに確かめねばならないのは、モニカの安否。しかし、そのために動ける人員はあまりに不足していた。

――だから彼女の物語が始まる。

その少女はこれまでずっと守られてきた。

任務では補助に徹してきた。

初めての不可能任務、生物兵器『奈落人形《ならくにんぎょう》』奪還の際にも目立った活躍はない。暗殺者『屍《しかばね》』の摘発任務でも彼女の活躍は極僅か。ミータリオでの『紫蟻《むらさきあり》』との闘いでも、龍沖《ロンチョン》での『鳳《おおとり》』との闘いでも、フェンド連邦での『ベリアス』との闘いでも、同様だ。

頑張ってはいる。けれど、他の少女よりも戦果は乏しいと言わざるを得ない。

――『灯』最弱。

その彼女自身の自己評価は、概《おおむ》ね間違いではなかった。

◇◇◇

クラウスとティアが連れ去られる部屋の片隅で、サラは震えていた。

見たくもない現実から目を背けるように帽子を深く被《かぶ》り、膝を抱えていた。彼女の体勢は三日間ずっと変わらなかった。ここに連れ込まれてから、ずっと彼女は涙を零《こぼ》しながら、胸に込み上げる哀しみを堪《こら》えていた。

（モニカ先輩………っ）

彼女の生存は絶望的だ。誰もがそう判断する。『蛇』にとっても彼女は邪魔だったはずだ。生かす理由がない。

モニカは命を落としたかもしれない――そう考える度、涙が溢《あふ》れ出る。

彼女はサラにとって第二の師匠だった。クラウスでは行えない、細やかな指導は全部彼女が担ってくれた。

だから尋ねたことがある。どうして自分の面倒を見てくれるのか、と。

『ずっと気にしてはいたよ』

彼女は恥ずかしそうに明かしてくれた。

『ねぇ、覚えている？「焔《ほむら》」の墓石の前で「灯」の再結成を報告した日。みんな、一言ずつ「灯」に残る理由を言っていったんだ』

覚えていた。誰もが淀《よど》みなく答えた。ジビアは給料、ティアは憧れ、エルナは夢、アネットは愉快さ、グレーテは想《おも》い人、リリィは自身の理想。

『ボクとキミだけが何も言えないでいた』

その通りだった。サラはバツの悪さを感じながら黙っていた。

モニカは頰を緩めた。

『お互い見つけられたらいいよね。このスパイの世界で生きる理由』

今ならわかる。モニカは見つけられたのだ。己が戦う理由を。世界を覆《くつがえ》さなければならない、強い動機を。

もっと話したかった。彼女の口からしっかり聞きたかった。

そして、それを願った時、サラは己の涙を拭いていた。

(自分にとって、スパイの世界で生きる理由……)

ぐっと足に力を入れる。

(……それは――『灯』の皆のためじゃダメっすか?)

他人《ひと》任せだ、と叱られるかもしれない。そんな動機で拳銃を握るな、と注意されるかもしれない。けれど、それでよかった。何度叱られてもいい。

あの呆《あき》れと優しさが混じった声音でモニカに叱られるのなら構わない。

彼女は立ち上がっていた。

――きっとモニカならば生きている。

信頼だった。モニカならば、どんな窮地であろうと切り抜ける。必ず生き延び、どこかで身を潜めているはずだ。クラウスも『モニカは生き延びる』と信じているではないか。

だが彼女を助けるには、確実に接触せねばならない人物がいる。

――モニカの行方は『白蜘蛛』が知っている。

誘拐したのか。あるいは取り逃がしたのか。

その情報を握っているのは、彼だ。フェンド連邦を悪夢に突き落とした元凶にして、同胞を殺した『灯』の宿敵。

この男に情報を吐かせることが、モニカを救出する唯一無二の手段。

サラは拳を強く握りしめながら、部屋の出入り口へ向かった。クラウスが『ベリアス』たちに連行される瞬間だった。リリィとジビアはなすすべなく見守っている。

彼の背中に「ボスっ‼」と声をかける。

「サラ……？」

クラウスは不思議そうな顔をして、振り向く。

これから告げることが、いかに荒唐無稽かは理解していた。

「あ…………」

震える唇を何度も強く嚙《か》み締める。

「自分が……」

あまりの無謀さに再び涙がこみ上げてくる。

「じ、自分がぁ……」

みっともない声のまま、涙を拭かないままで言う。

それでも最後には、ハッキリと強い語調で言えることができた。

「白蜘蛛は、自分が倒します……っ‼」

やり遂げるのだ、と固く決意する。

『蛇』の一員を自分たちで捕らえる。モニカの情報を聞き出し、必ず見つけ出す。ダリン皇太子を暗殺した理由も、『鳳』を壊滅させた目的も、全てを聞き出して、このフェンド連邦の任務を完遂する。

これ以上、誰も傷つけずに陽炎《かげろう》パレスに帰還する。

今の彼女に他に望むことなど一つもないのだから。

あとがき

7巻のあとがきで語る内容ではないですが、6巻執筆時のことを語らせてください。

この巻の発売時には、発表されていると思いますが『スパイ教室』のアニメ化が決まりました。凄《すご》いね！　これも読者様の応援のおかげです。ありがとうございます。

おそらく多くの読者様が疑問に思っているであろう「1巻のアレをどうすんの？」については、アニメ制作に携わる方々からベストなアイデアを頂きました。原作そっくりそのままという訳ではないですが、かなり尊重をしていただきました。有難《ありがた》いです。

たくさんの関係者に頑張って頂いており、他にも私が「え、ここまでするの……？」と唖然《あぜん》とすること目白押しなので、続報をお待ちください。公式twitterでぜひご確認を。

また脚本会議には自分も毎度参加しました。

コロナ禍ということで後半はほとんどリモート会議でしたが、一時期感染者数が収まっていた頃は会議室に集まり、多くの方と『スパイ教室』について語りました。

ちょうど6巻執筆時の時期です。そして、ふと気づくことがありました。

（あれ……モニカが好きな人が多い……？）

全員にアンケートを取った訳ではないですが、「モニカが好きだよー」と言って下さる方を何人かお見掛けし、驚いていました。メイン巻はまだなのに。そう言えばファンレターーやtwitterでも「モニカが好きです」という声は結構見かける。

もちろん有難い話です。しかし、同時に期待という重圧が両肩に圧《の》し掛かります。

（…………モニカ巻、しっかり書かねば）

そんなプレッシャーを受けてのモニカ巻でした。どうでしたか？　いつもより厚め。

以下、謝辞です。引き続き素敵なイラストを描いていただいた、トマリ先生。ありがとうございます。アニメ制作で今後の日程等を伝えられる度「トマリ先生が忙しそう……‼」と震えております。お身体《からだ》を大切にしてください。

また今巻の制作を支えてくれたM氏にも特別な感謝を。とうとう書けたよ。

最後は次回予告です。次はセカンドシーズン最終巻。サブタイトルは自明ですね。黒幕と対峙《たいじ》するのは、かつては『屍《しかばね》』任務の中心から外された——非選抜組。リリィ、ジビア、そしてサラの逆襲が始まります。あと今巻活躍がなかった、あの子も。ではでは。

竹町《たけまち》

富士見ファンタジア文庫

スパイ教室《きょうしつ》07
《氷刃《ひょうじん》》のモニカ

令和４年３月20日　初版発行
令和４年12月10日　５版発行

著者——竹町《たけまち》

発行者——山下直久
発　行——株式会社KADOKAWA
〒102-8177
東京都千代田区富士見2-13-3
0570-002-301（ナビダイヤル）
印刷所——株式会社KADOKAWA
製本所——株式会社KADOKAWA

※定価はカバーに表示してあります。
●お問い合わせ
https://www.kadokawa.co.jp/（「お問い合わせ」へお進みください）
※内容によっては、お答えできない場合があります。
※サポートは日本国内のみとさせていただきます。
※Japanese text only

ISBN978-4-04-074254-0 C0193 ◆◇◇

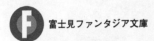

細音啓が紡ぐ新たなるヒロイックファンタジー
細音啓
イラスト
猫鍋蒼
キミと僕の最後の戦場、あるいは世界が始まる聖戦
the War ends the world / raises the world
アリスリーゼ
帝国と対立しているネビュリス皇庁の第２王女で強力な氷の星霊を使う「氷禍の魔女」
至高の魔
敵対する

ティナ
四大公爵家の
ひとつ、ハワード家に
生まれた公女殿下。
なぜか誰でも扱える
程度の魔法すら使う
ことができない。
変える
はじめましょう
アレン
公爵令嬢ティナの
家庭教師を務める
ことになった青年。魔法
の知識・制御にかけては
他の追随を許さない
圧倒的な実力の
持ち主。
発売中!

最強不敗の神剣使い
The Invincible Undefeated Divine Sword Master
リヒト
名門貴族・エスターク家の“忌み子”。周囲から無能と蔑まれ、家門を追放されるが……その身には、絶対無双の“天賦の才”が宿されている
アリアローゼ
ラトクルス王国の王女。正体を隠して旅していたところ、流浪の旅へと出立したリヒトと出会う。その胸には、とある崇高な志が秘められている
Ryosuke Hata
羽田遼亮
ill.えいひ
シリーズ好

切り拓け！キミだけの王道
ファンタジア大賞
原稿募集中！
賞金
《大賞》300万円
《金賞》50万円
《銀賞》30万円
選考委員
細音啓「キミと僕の最後の戦場、あるいは世界が始まる聖戦」
橘公司「デート・ア・ライブ」
羊太郎「ロクでなし魔術講師と禁忌教典《アカシックレコード》」
ファンタジア文庫編集長
前期締切 8月末日
後期締切 2月末日
公式サイトはこちら！ https://www.fantasiataisho.com/
イラスト／つなこ、猫鍋蒼、三嶋くろね